ELECTRA

COLEÇÃO CLÁSSICOS COMENTADOS
Dirigida por João Angelo Oliva Neto
José de Paula Ramos Jr.

Æ
Ateliê Editorial

Editor
Plinio Martins Filho

MNĒMA

Editor
Marcelo Azevedo

PLANO DESTA OBRA
I. *Ájax*
II. *As Traquínias*
III. *Antígona*
IV. *Édipo Rei*
V. *Electra*
VI. *Filoctetes*
VII. *Édipo em Colono*

CONSELHO EDITORIAL

Aurora Fornoni Bernardini – Beatriz Mugayar Kühl
Gustavo Piqueira – João Angelo Oliva Neto – José de Paula Ramos Jr.
Leopoldo Bernucci - Lincoln Secco – Luís Bueno – Luiz Tatit
Marcelino Freire – Marco Lucchesi – Marcus Vinicius Mazzari
Marisa Midori Deaecto – Paulo Franchetti – Solange Fiúza
Vagner Camilo – Walnice Nogueira Galvão – Wander Melo Miranda

Sófocles

ELECTRA
Tragédias Completas

Tradução
Jaa Torrano

Estudos
Beatriz de Paoli
Jaa Torrano

Edição Bilíngue

Copyright © 2023 Jaa Torrano

Direitos reservados e protegidos pela Lei 9.610 de 19.02.1998.
É proibida a reprodução total ou parcial sem autorização,
por escrito, das editoras.

Dados Internacionais de Catalogação na Publicação (CIP)
(Câmara Brasileira do Livro, SP, Brasil)

Sófocles, apr. 496-406 a.C.
  Electra: Tragédias Completas / Sófocles; tradução Jaa Torrano. – Cotia, SP: Ateliê Editorial; Araçoiaba da Serra, SP: Editora Mnēma, 2023. – (Clássicos Comentados)

  Título original: *Elektra*

  Edição bilíngue: grego/português

  ISBN 978-65-5580-112-5 (Ateliê Editorial)
  ISBN 978-65-85066-06-8 (Editora Mnēma)

  1. Teatro grego (Tragédia) I. Título. II. Série.

23-160473   CDD-882

Índices para catálogo sistemático:
  1. Teatro: Literatura grega antiga   882
Eliane de Freitas Leite – Bibliotecária – CRB-8/8415

Direitos reservados a

ATELIÊ EDITORIAL
Estrada da Aldeia de Carapicuíba, 897
06709-300 – Cotia – SP – Brasil
Tel.: (11) 4702-5915
Tel.: (11) 4702-5915 | contato@atelie.com.br
www.atelie.com.br
instagram.com/atelie_editorial
facebook.com/atelieeditorial | blog.atelie.com.br

EDITORA MNĒMA
Alameda Antares, 45
Condomínio Lago Azul
18190-000 – Araçoiaba da Serra – SP
Tel.: (15) 3297-7249 | 99773-0927
www.editoramnema.com.br

Printed in Brazil 2023
Foi feito o depósito legal

Agradecimentos

*Ao CNPq
pela bolsa Pq
cujo projeto incluía
este estudo e tradução.*

Sumário

Orestes e o Oráculo – *Jaa Torrano* 11
Orestes e o Sonho – *Beatriz de Paoli* 27

ΗΛΕΚΤΡΑ / ELECTRA

Personagens do Drama 37
Prólogo (1-120) 39
Párodo (121-250) 47
Primeiro Episódio (251-471) 57
Primeiro Estásimo (472-515) 79
Segundo Episódio (516-822) 83
Kommós (823-870) 109
Terceiro Episódio (871-1057) 117
Segundo Estásimo (1058-1097) 137
Quarto Episódio – Primeira Parte (1098-1231) 141
Dueto de Reconhecimento (1232-1287) 159
Quarto Episódio – Segunda Parte (1288-1383) 167
Terceiro Estásimo (1384-1397) 177
Diálogo Lírico (1398-1441) 179

Êxodo (1442-1510) *187*

Glossário Mitológico de *Electra* – Antropônimos, Teônimos
e Topônimos – *Beatriz de Paoli e Jaa Torrano* *197*

Orestes e o Oráculo

Jaa Torrano

Como é apresentado Orestes na *Odisseia* e nas tragédias? O que caracteriza e distingue cada uma dessas apresentações, como e por quê? Em HOMERO, *Odisseia* I, 28-43, 294-302, Orestes é paradigmático; em ÉSQUILO, *Coéforas* e *Eumênides,* Orestes é problemático, e o impasse se resolve mediante a atitude de *amor Fati*; em SÓFOCLES, *Electra*; Orestes fala e age como militar; em EURÍPIDES, *Electra, Orestes, Ifigênia em Táurida* e *Andrômaca,* o comportamento de Orestes é afetado pela competência retórica de compreender pontos de vista opostos. Nas tragédias de Ésquilo, Sófocles e Eurípides, observa-se a reiteração do padrão de situações de impasse, às vezes descritas como "jugo da coerção" (*anágkes lépadnon / zeúgmata*), que se resolvem pela transformação do escopo da coerção em objeto do desejo. Em variantes associadas ao personagem de Pílades, a solução do impasse vem do planejamento de uma ação cujo risco mortal se dilui no impasse e constitui ao mesmo tempo a aceitação e a superação do impasse.

ORESTES ÉPICO

No primeiro canto da *Odisseia*, na fala de Zeus na assembleia dos Deuses, a morte de Egisto é apresentada como um mal "além do quinhão" (*hypèr móron, Od.* 34) consequente de seu ato transgressivo "além do quinhão" (*hypèr móron*, *Od*. 35), apesar da benevolência dos Deuses em adverti-lo, por meio do vigilante Argicida Hermes, de que não matasse o rei nem lhe cobiçasse a esposa. A descrição tanto do ato transgressivo quanto de sua punição como "além do quinhão" se explica pela associação – comum do pensamento mítico grego – entre as noções míticas de "justiça" (*Díke*) e de "quinhão", "Lote" (*Móros* – nome masculino) ou "Parte" no sentido de "participação" (*Moîra* – nome feminino), como se mostra na simetria entre as tríades das *Moîrai* e das *Hôrai* no catálogo dos filhos de Zeus e Têmis na *Teogonia* de Hesíodo. As "Partes" (*Moîrai*) dão aos mortais os haveres de bem e de mal (*T*. 904 e s.), e uma das Horas é Justiça (*Díke*), o que sugere que Justiça, filha de Zeus e Têmis, se manifesta no horizonte temporal do curso dos acontecimentos. Na tragédia *Coéforas* de Ésquilo (*Coé*. 306-314), após o encontro e reconhecimento entre os irmãos, o coro invoca as "grandes Partes" (*megálai Moîrai*, *Coé*. 306) associadas à "Justiça cobradora de dívida" (*toupheilómenon prássysa Díke*, *Coé*. 310 e s.). Nesse contexto da fala de Zeus, a morte de Egisto por Orestes é apresentada como uma manifestação da ordem inerente ao curso dos acontecimentos – já prenunciada na advertência dos Deuses a Egisto por meio de Hermes –, e Orestes, pois, é apresentado como um agente da Justiça de Zeus.

Ainda no primeiro canto da *Odisseia*, na fala de Palas Atena a Telêmaco, a retaliação do "divino Orestes" (*dîos Oréstes*, *Od*. I, 298) contra Egisto é apresentada como um modelo a ser seguido por Telêmaco, para que obtenha, como Orestes, glória entre os pósteros e entre todos os homens.

Nesses dois trechos inaugurais da *Odisseia*, a vindicta de Orestes é apresentada – primeiro implícita e depois explicitamente – como o paradigma do comportamento esperado de Telêmaco em idêntica situação de ofensa ao pai ausente e ao patrimônio familiar e usurpação de poder.

ORESTES TRÁGICO ESQUILIANO

Na tragédia *Coéforas* de Ésquilo, o encontro dos irmãos Orestes e Electra junto ao túmulo do pai Agamêmnon é precedido e propiciado por um sonho terrificante de Clitemnestra, que, para se reconciliar com os ínferos, envia a filha e o séquito de mulheres com oferendas à tumba do morto, quando lá estava Orestes fazendo prece e oferenda a seu finado pai. O coro de portadoras de oferendas funerárias atribui o sonho a Apolo, dito "Adivinho de sonho" (*oneirómantis, Coé.* 33). Por outro lado, Orestes se conduz pelo oráculo de Lóxias – tão claro na ordem de punir os dolosos assassinos do pai com o mesmo dolo e a mesma morte (*Coé.* 273 e s.) – quão claro na terrificante ameaça de punição em caso de descumprimento da ordem (*Coé.* 275 e ss.). Essa clareza da comunicação do Deus assinala a proximidade de Orestes com o Deus e sugere para Orestes o estatuto de *theîos anér*, "varão divino", como se dizem os heróis não na tragédia, mas na epopeia.

Ainda na tragédia *Coéforas* de Ésquilo, quando o coro adverte os irmãos de que suas efusões poderiam denunciá-los aos poderosos do palácio, Orestes declara sua confiança em Apolo, dada a clareza do oráculo ao proclamar que terrível punição ele mesmo teria se por sua vez não matasse os matadores de seu pai com o mesmo dolo com que o mataram (*Coé.* 269 e ss). Coagido pelo prévio conhecimento dos assaltos das Erínies paternas caso negligenciasse a vindicta, Orestes supera a compulsão da coerção pelo desejo daquilo a que a coerção o obriga: "Muitos desejos convergem neste ponto" (*polloì gàr eis hèn sympítnousin hímeroi, Coé.* 299), Orestes arrola quais são esses desejos convergentes: "as ordens do Deus", "o luto pelo pai", "a carência de recursos" e o entendimento do governo de Egisto em Argos como usurpação tirânica, ilícita e opressiva dos cidadãos argivos (*Coé,* 300 e ss).

Nessa convergência de desejos, a compulsão da coerção se converte em ardor do desejo. Essa libertação produzida pela transformação do escopo da coerção em objeto do desejo é a mesma experiência vivida pelo rei Agamêmnon no inverno em Áulida ao se perguntar "o que há sem estes males" (*tí tônd' áneu kakôn?, Ag.* 211) e ao decidir "desejar com superfurioso furor" (*orgâi periorgôi sph'epithy/meîn thémis, Ag.* 216 e ss.), "quando sob o jugo da coerção" (*epeì d'anágkes édy lépadnon, Ag.* 218). A mesma experiência também vivida por Ifigênia em Áulida, na tragédia homônima de Eurípides, quando Ifigênia na mesma situação descrita por seu pai como "sob o jugo da coerção" (*anágkes zeúgmat'*, *I.A.* 443), aceita ser a vítima sacrificada à Deusa Ártemis, justificando-se com o argumento de que assim age em prol da grandeza da pátria, argumento que ela compartilha com o seu pai, mas que a sua mãe não compartilha nem com ele nem com ela.

Quando Orestes surpreende Clitemnestra a lamentar sobre o cadáver de Egisto, ela, cônscia da situação e do risco iminente, diz: "Para, filho, e respeita, criança, este / seio em que muitas vezes já sonolento / sugaste com as gengivas nutriente leite" (*Coé.* 896-898).

Na iminência de matar a própria mãe, ante a visão dos seios maternos, toda a clareza da comunicação oracular do Deus se turva e Orestes hesita e exclama: "Pílades, que fazer? Temo matar a mãe" (*Pyláde, tí dráso? Metér' aidesthô ktaneîn, Coé.* 899).

A resposta de Pílades à pergunta de Orestes é outra pergunta definitiva e determinante da prioridade dos Deuses na escala de referências. Pílades responde: "Onde no porvir os vaticínios de Lóxias / dados em Delfos e os fiéis juramentos? / Tem por hostis a todos mas não aos Deuses" (*Coé.* 900 e ss.), restabelecendo-se assim para Orestes a clareza do que fazer quanto ao oráculo de Lóxias.

No êxodo de *Coéforas*, Orestes, acossado pelas Erínies punitivas da mãe, visíveis para ele e invisíveis para o coro, parte de Argos para consultar Apolo em Delfos.

No prólogo de *Eumênides*, na primeira cena, a profetisa do templo faz uma prece aos Deuses fundadores do oráculo e aos Deuses presentes na paisagem em Delfos, convida os gregos consulentes a entrarem, e entra no santuário. Na segunda cena, ela sai do santuário apavorada e descreve sua visão terrível do "homem horrendo aos Deuses" e do bando de "Górgones" adormecidas no interior do santuário. Na terceira cena, no enciclema, o diálogo entre Apolo e Orestes é singularmente sem a intermediação da profetisa. Nesse diálogo imediato, o mortal invoca o Deus e o Deus interpela o mortal, dando-lhe as instruções da salvação e confiando-o à escolha do Deus Hermes e à guarda da Deusa Palas Atena.

Por fim, na quarta cena, o espectro de Clitemnestra surge no pesadelo das Erínies adormecidas como se fosse a Erínis das Erínies. O párodo mostra o despertar das Erínies espicaçadas por Clitemnestra. O primeiro episódio mostra Apolo expulsando-as do santuário de Delfos.

Muda o cenário de Delfos para Atenas, onde Orestes chega ao templo de Atena com o salvo-conduto da escolta de Hermes. Apresentando-se à Deusa em seu santuário, Orestes lhe pede o "termo de Justiça" (*télos díkes*, *Eu*. 243). No epipárodo (segunda entrada do coro) o coro de Erínies relata sua implacável perseguição ao matricida Orestes. No segundo episódio, Orestes pede em prece à Deusa Atena que o livre das Erínies. No primeiro estásimo, as Erínies se apresentam como executoras de justa punição; a justiça inerente ao seu ofício e sua inegável dignidade as qualificam previamente para a posterior integração na vida da pólis e das instituições políticas. No terceiro episódio, Atena atendendo ao chamado de Orestes se depara com as Erínies. Ao contrário da rispidez e intolerância de Apolo, Atena conversa com as Erínies e ganha a confiança delas para examinar o caso de Orestes e dar a sentença. Instado e garantido pela Deusa Atena, Orestes se apresenta, faz a defesa da justiça de seu matricídio e alega a coautoria de Lóxias. Atena, considerando a dificuldade de resolver a situação sem suscitar cólera, anuncia a sua escolha dos juízes de homicídio entre os cidadãos de sua cidade e a fundação do primeiro tribunal, no Areópago. No segundo estásimo, ressalta-se o caráter político das Erínies, por sua associação com justiça penal e os benefícios da participação delas na vida política; as Erínies se assimilam às funções políticas da Justiça penal. No quarto episódio, na primeira sessão do tribunal do Areópago, a Deusa Atena age como o arauto, as Deusas Erínies como acusadoras, o Deus Apolo como defensor, e Orestes como réu, no final das contas absolvido da acusação devido ao empate dos votos. Como previra Atena, segue o *kommós*, em que o coro de Erínies se queixa do resultado, protesta e ameaça, ressaltando os seus poderes e sua importância, e a cada ameaça Atena intervém com conselhos dissuasórios e persuasivos. No último episódio, o exercício da persuasão de Atena completa o convencimento das Erínies, que acolhem por fim tanto o resultado do julgamento quanto as honrarias atribuídas por Atena a elas, ditas por antífrase Eumênides (*Eumenídai*, "Benévolas"). Reconhecida a importância política de sua função, as horrendas Deusas se tornam benéficas, integradas doravante na vida política da cidade de Atenas.

ORESTES TRÁGICO SOFOCLIANO

Na tragédia *Electra* de Sófocles, ao contrário, as Erínies só são evocadas e mencionadas para a punição de Clitemnestra. Na versão sofocliana, no oráculo de Febo em resposta à consulta de Orestes "como faria no interesse do pai a justiça de seus executores", as Erínies não são sequer mencionadas, pois neste caso o oráculo de Febo não contém nem ameaças nem menção a Erínies, somente instrui Orestes sobre o que e como fazer: "doloso com mão justa levar imolações" (*dóloisi klépsai kheiròs endíkou sphagás, El.* 37).

As Erínies são invocadas por Electra contra Clitemnestra (*El.* 112, 276), mas não são citadas contra Orestes. Por que nesta tragédia de Sófocles Orestes não contracena com as Erínies como na trilogia de Ésquilo? A meu ver a ausência das Erínies ao lado de Orestes na tragédia sofocliana se deve à ressignificação tanto do personagem de Orestes quanto de seu ato de execução da justiça.

No pensamento mítico, todos os seres são dotados de linguagem e por isso todos os aspectos do mundo entram em interlocução com os heróis mortais. O traço comum a todas as versões (épica e trágicas) do personagem de Orestes é a interlocução com o oráculo de Apolo, com os Numes visíveis na paisagem e na casa paterna, e com os Numes e os ínferos junto ao túmulo do pai. Na *Electra* de Sófocles, Orestes, depois de relatar o oráculo recebido de Apolo e expor o seu plano de ação em Argos, faz a prece à terra pátria, aos Deuses locais e à casa paterna. Nessa prece ele se descreve como "justo purificador enviado por Deuses" (*El.* 70) e "antigo dono restaurador da casa" (*El.* 72) e assim, com essa prece, ele se qualifica como executor da justiça e legítimo dono da casa, reivindicando a reintegração de posse.

Na personagem de Electra também se ressalta esse traço da interlocução múltipla. Para evocar a morte de seu pai perpetrada por sua mãe e por Egisto e para pedir que a justiça divina os puna, Electra interpela a "luz pura" e o "ar par da terra" (*El.* 86 e s.) e por fim os Deuses ínferos Hades, Perséfone, Hermes ctônio, "senhora Praga" (*pótni' Ará*, *El.* 70) e "veneráveis filhas de Deuses Erínies" (*El.* 120).

No párodo, em diálogo com Electra, o coro de mulheres argivas manifesta solidariedade e lealdade com Electra assistindo-a e respaldando-a em sua atitude perante a morte do pai.

No primeiro episódio, o coro reitera sua solidariedade e lealdade a Electra, pergunta por Egisto e ao saber de sua ausência sugere que ele seja opressor (*El.* 310-315), pergunta por Orestes e ante a queixa de Electra pela ausência do irmão tenta justificá-lo e reconfortá-la; os conselhos fraternos de Crisótemis a Electra são mais enfáticos que os do coro, e Electra os repele com mais ênfase do que repelira os do coro; Crisótemis anuncia a punição que Egisto ao voltar imporia a Electra por sua insistência no pranto lutuoso pelo pai. Na esticomitia entre as duas irmãs, depois que as tentativas mútuas de dissuasão e de persuasão se mostram ineficazes, Electra indaga Crisótemis a respeito das oferendas e de sua motivação (*El.* 385-414). Ao ouvir de Crisótemis o relato do sonho de Clitemnestra, Electra dá à irmã novas instruções de como proceder quanto a oferendas funerárias ao pai delas; Crisótemis aceita as instruções da irmã, mas pede para si a proteção do silêncio para poder executá-las sem sofrer represália.

No primeiro estásimo, o coro tem a mesma interpretação do sonho de Clitemnestra que Electra, considerando-o um anúncio de justiça do poder ctônio do finado Agamêmnon e entendendo-o como prenúncio da vinda de Erínis para a punição de Clitemnestra ("Erínis", *El.* 491). No entanto, no epodo o coro evoca o delito de Pélops contra Mírtilo como a origem dos infortúnios que afligem a casa, o que de certo modo aponta o ancestral caráter numinoso dos delitos de Clitemnestra e Egisto.

No segundo episódio, Clitemnestra se defende das queixas de Electra proclamando a justiça da morte de Agamêmnon como retaliação pela morte de Ifigênia, e conclui sua defesa de seu ato homicida com o suposto aval da aprovação dele por Ifigênia, reiterando a proclamação de sua justiça. Electra defende Agamêmnon da acusação de filicídio alegando que a Deusa Ártemis o coagiu ao sacrifício da filha devido a infaustas palavras ufanas ("ufana palavra", "coagido", *El.* 569, 575). Electra argumenta que a pena estipulada e aplicada por Clitemnestra a Agamêmnon em punição do filicídio agora recai sobre Clitemnestra em punição de seu homicídio contra Agamêmnon. Electra amplia a acusação contra Clitemnestra, incluindo na de homicídio a de traição e aliança com o inimigo, e conclui com a acusação de despotismo e usurpação do poder por espoliação de Orestes ("déspota", *El.* 598). Mãe e filha se acusam uma à outra de despudor ("sem pudor", "despudor", *El.* 615, 621), Electra acusando a mãe de ser a primeira causa do despudor e Clitemnestra ameaçando a filha com punição quando Egisto retornasse. A prece de Clitemnestra a Apolo (*El.* 634-659) supõe não somente a compreensão divina da "voz encoberta" (*kekrymménen... báxin, El.* 638), mas também a cumplicidade divina com os atos perpetrados por ela. Por ironia divina, aparentemente a prece de Clitemnestra é atendida por Apolo, quando o anúncio doloso da falsa morte de Orestes lhe proporciona aparente alívio ao se crer livre da causa de seus temores e pavores noturnos.

O longo e minucioso relato do falso mensageiro produz no coro comedida constatação de que a família está extinta, mas em Clitemnestra causa júbilo e em Electra provoca o pranto por si mesma e por seu irmão e ainda a invocação da "Vindita deste morto recente" (*Némesi toû thanóntos artíos, El.* 792) diante do que considera um ultraje de Clitemnestra ao morto.

A sós Electra considera quais seriam para ela o sentido e as consequências da morte de Orestes. Vivo Orestes era a esperança de "vingar o pai" (*patròs... timorón, El.* 491); morto Orestes, essa esperança se converte em "nenhum desejo de viver" (*toû bíou d'oudeís póthos, El.* 491), o que é não somente expressão do luto por Orestes mas também expressão da prioridade de "vingar o pai". No *kommós* (*El.* 823-870), a invocação do coro aos raios de Zeus e ao fúlgido Sol como testemunhas equivale a pedir justiça aos Deuses que contêm a totalidade do poder e a totalidade do visível. Electra declara que a esperança de que Orestes ainda viva constitui desprezo à dor de seu luto (*El.* 491); o coro evoca o paradigma do adivinho Anfiarau, comparável ao rei Agamêmnon pelo destino comum de ambos em vida terem sido traídos por esposas gananciosas cooptadas e ambos nos ínferos ter o poder de vaticinar (segundo o entendimento de que o sonho de Clitemnestra fosse um anúncio de justiça proveniente do poder ctônio do finado Agamêmnon). Electra objeta que Anfiarau vive porque foi vingado, mas o vingador de Agamêmnon está morto. O coro tenta reconfortá-la primeiro com o argumento da universalidade da morte e depois com sua concordância com os sentimentos de Electra.

No terceiro episódio, Crisótemis retorna do túmulo paterno com a notícia do que viu e do que intuiu como sinais sugestivos da vinda clandestina de Orestes e de sua presença às ocultas em Argos. Electra confia mais no anúncio declarado do falso mensageiro que na notícia intuída da irmã Crisótemis. Electra se contrapõe à intuição de Crisótemis: "*Pheû*, como me apiedo de tua tolice!" (*El.* 920), e em contrapartida lhe dá a notícia tanto da morte quanto das consequências da morte de Orestes: "Está morto, ó mísera! A salvação dele / se perdeu. Não te voltes mais para ele!" (*El.* 924 e s.). Crisótemis se deixa persuadir pela convicta veemência de Electra, que considerando a situação consequente da morte de Orestes propõe que assumam e cumpram ambas o dever filial de "matar o autor da morte do pai" (*El.* 951) e justifica a execução como o único modo de ambas terem vida digna, dadas as condições impostas pelo usurpador Egisto. No entanto, a glória do dever cumprido não seduz Crisótemis, que aconselha a irmã a não agravar os males, mas preservar a vida em vez de buscar a glória póstuma (*El.* 992 e ss.). Crisótemis não crê que ela própria tenha a força necessária à execução da tarefa proposta, nem pode crer que a irmã possa ter tal força, ainda que esta creia e confie tê-la (*El.* 1021 e s.). Electra proclama e reitera a justiça de sua atitude (*El.* 1037, 1041), Crisótemis não nega a justiça, mas a viabilidade da atitude assumida pela irmã, e insiste no aconselhamento de que a irmã reconsidere a deliberação.

No segundo estásimo, na primeira estrofe, o coro evoca o comportamento das aves como modelo de piedade filial, e invoca os súperos fulminante Zeus e celestial Têmis e os ínferos Atridas pai e filho como vigilantes testemunhas de tristes agravos. Na primeira antístrofe, descreve a situação grave da casa: o dissídio das duas irmãs e a piedade filial de Electra – nesse sentido comparada a "choroso rouxinol" (*El.* 1077) – resoluta "e pronta para não mais viver / se matasse as duas Erínies" (*El.* 1080); o louvor a essa atitude de Electra é explícito: "Quem tão nobre floresceria?" (*El.* 1081). Na segunda estrofe, o coro aprova a atitude de Electra, louvando e associando essa atitude à nobreza e à glória. Na segunda antístrofe, o coro formula votos pela vitória de Electra sobre os seus inimigos, justificando a expectativa dos votos pela firmeza quando manifesta a parte má, pelo cultivo dos costumes ancestrais e pela conquista da excelência na veneração de Zeus.

No quarto episódio, Orestes se apresenta ao coro sob o disfarce de varão enviado da Fócida pelo ancião Estrófio, com a notícia fúnebre de Orestes e com "as suas exíguas relíquias em breve / urna funerária" (*El.* 1113 e s.). Electra pede e recebe a suposta urna funerária, e se dirige às supostas relíquias como se se dirigisse ao irmão. O disfarce e a disciplina militar de Orestes não resistem ao enternecimento perante a interpelação da irmã às supostas relíquias. No súbito colapso do disfarce e da disciplina militar, Orestes exclama: "*Pheû pheû*, que direi? A que impossíveis falas / recorrerei? Não posso mais dominar a língua" (*El.* 1174 e s.). Na longa esticomitia (*El.* 1176-1226), o reconhecimento dos irmãos se completa quando Orestes se diz vivo, exibe o "selo do pai" (*sphragída patrós, El.* 1081), e os irmãos se abraçam. Electra compartilha o encontro do irmão com o coro, dirigindo-se a ele como "caríssimas mulheres, minhas concidadãs" (*polítides, El.* 1227).

Quando o coro é visto como *polítides*, "concidadãs", a solidariedade e lealdade do coro a Electra perante a usurpação tirânica de Egisto confere à execução de Egisto um caráter de interesse público que a legitima como ato político. Uma vez conferida legitimidade política à execução de Egisto (e, por conseguinte, à de Clitemnestra, vista como traidora e aliada do inimigo), não se mencionam as Erínies em referência a essa dupla execução. Todas as menções a Erínies nesta tragédia de Sófocles se referem unicamente ao crime de Egisto e Clitemnestra e por fim os próprios Egisto e Clitemnestra são referidos pelo coro como Erínies (*El.* 1080).

Na tríade de estrofe, antístrofe e epodo, os irmãos recém-reconhecidos alternam as vozes no canto e confrontam as atitudes de cada um diante da mesma situação: Electra expansiva manifesta o júbilo do reconhecimento, Orestes restritivo pede silêncio e discrição, na tentativa de recompor o seu disfarce e a sua disciplina militar.

Na continuação do quarto episódio, Orestes orienta a irmã para cooperar com ele na execução de seu objetivo militar, e Electra os convida (a Orestes e Pílades) para entrar na casa, onde se encontra Clitemnestra, quando o preceptor sai da casa, os encontra e em tom ríspido os adverte do perigo de suas efusões. Reconhecido por Electra após Orestes apresentá-lo, o preceptor com lacônica sobriedade dispensa as reverências de Electra e exorta os jovens à ação com urgência, após saudarem os altares pátrios dos Deuses locais.

Electra, por sua vez, faz uma prece a Apolo pedindo que o Deus lhes dê apoio e mostre aos homens que punição os Deuses dão à impiedade (*El.* 1376-1383).

No terceiro estásimo, na primeira estrofe, o coro evoca o avanço de "Ares respirando o litigante sangue" (*dysériton haîma physsón Áres, El.* 1388) e a presença das "vingadoras de malfeitorias, infalíveis cadelas" (*metádromoi kakôn panourgemáton, El.* 1387 e s.). A imagem das cadelas vingadoras infalíveis descreve as Erínies, identificadas aqui tanto com Ares quanto com Orestes e Pílades, agora na iminência da execução dos usurpadores Egisto e Clitemnestra. Na antístrofe, o coro evoca a presença de Hermes, que evocado se integra às presenças evocadas dos Deuses Ares e Erínies junto a Orestes e Pílades, com o mesmo caráter de defensor dos ínferos, executor de dolo, oculto nas trevas.

No diálogo lírico Electra e o coro confabulam na estrofe e na antístrofe entre Orestes. Na primeira cena, Electra anuncia ao coro de "caríssimas mulheres" – tratamento ao mesmo tempo sugestivo de solidariedade (*phíltatai*, "caríssimas") e cerimonioso *gynaîkes*, "mulheres", *El.* 1398) – a iminente consumação do trabalho dos dois varões Orestes e Pílades e respondendo às perguntas do coro esclarece que dentro de casa Clitemnestra prepara a urna funerária para a sepultura, perto de Orestes e Pílades, e que ela mesma veio para a frente da casa para preveni-los da vinda de Egisto. Como no diálogo dos coreutas na tragédia *Agamêmnon* de Ésquilo (1343-1372), ouvem-se em cena os gritos da personagem que está sendo morta dentro da casa; assim, Electra na frente da casa comenta e aparentemente orienta a matança de Clitemnestra dentro da casa. Ao fim dos gritos de Clitemnestra, Electra faz voto pela morte de Egisto, e o coro constata tanto o cumprimento das preces aos ínferos quanto a eficácia da justiça dos ínferos, que com a aprovação do coro se apresenta na figura de Orestes, saindo da casa com a espada ainda sangrenta na mão, junto de Pílades.

Na segunda cena, assim apresentado pelo coro como executor da justiça dos ínferos, e respondendo à pergunta de Electra, Orestes declara que o vaticínio de Apolo se cumpriu e que Clitemnestra está morta. Nesse momento, Electra anuncia a aproximação de Egisto, e insta Orestes e Pílades à ação; e o coro faz recomendações a Electra para o "secreto combate de Justiça" (*lathraîon hos pròs Díkas agôna*, *El.* 1441).

No êxodo, demarcam-se três momentos. No primeiro momento (*El.* 1442-1465), Egisto exerce e exibe ostensivamente o seu poder de tirano, quando interpela Electra perguntando pelo núncio da notícia fúnebre de Orestes, e depois quando informado de que o núncio não somente relatava a morte de Orestes, mas ainda a comprovava com evidência, Egisto ordena que se exponha essa evidência às vistas de todos os micênios e argivos para os reduzir à obediência mediante intimidação. Electra, atendendo à ordem de Egisto, abre-lhe a porta da casa para que se vejam a evidência e os portadores da notícia fúnebre.

No segundo momento (*El.* 1466-1478), antes de Egisto saber com quem falava e o que havia sob os véus funerários diante de si, ele posa de soberano piedoso com reflexões cautelosas sobre a morte de Orestes, declarando a *causa mortis* de Orestes "não sem ciúme" (*áneu phthónou mèn ou, El.* 1466 e s.); ora, "ciúme" (*phthónou*) remete à noção de *Theôn phthónos* comum de Heródoto e dos trágicos e sugere a estrita vigilância divina das ações injustas dos mortais; mas em seguida Egisto nega que diga essa morte ser "Vindita" (*Némesis*, SÓF. *El.* 1467), isto é, a cólera retaliativa dos Deuses. A pose de piedoso consiste nessa retratação afetada que parece desdizer o dito para assim reafirmar e enfatizar o dito mesmo.

No terceiro momento (*El.* 1479-1510), Egisto perde a pose de soberano piedoso, quando retira o véu funerário e vê o cadáver de Clitemnestra, reconhecendo enfim que seu interlocutor é Orestes. Egisto tenta usar a palavra para se defender, mas é coibido por Electra e conduzido por Orestes ao aposento onde Agamêmnon fora morto. As palavras finais de Orestes prescrevem a mesma sentença de morte a "quem quisesse estar acima / das leis" (*hóstis péra prássein ge tôn nómon théloi, El.* 1442-1465). Essa prescrição, que dosifica a pena a ser imposta aos tiranos e usurpadores de poder, ressalta o caráter tirânico e usurpador da transgressão de Egisto punida com pena capital.

A meu ver, ao tratar a execução de Clitemnestra como punição por traição e aliança com o inimigo, e ao tratar a execução de Egisto como punição por exercício da tirania, ambas as execuções são vistas como punição imposta pelo poder público no interesse público e, portanto, sancionada pela autoridade do Estado. Neste caso, Orestes e seus aliados agem como agentes das Erínies a serviço do Estado, assim não estando mais sujeitos nem à retaliação legítima nem à ação de Erínies.

Um traço distintivo do personagem sofocliano de Orestes, segundo J. H. Kells, é "a tendência para terminologia militar e pensamento militar. Orestes é primariamente um soldado, treinado à maneira espartana de estrita disciplina e obediência a ordens"[1]. A excelência militar de Orestes repousa em e resulta de seu completo e devotado *amor Fati* – o que, neste caso, se entenda por inteira devoção ao oráculo de Apolo.

---

1. Sophocles. *Elektra*. J. H. Kells. Cambridge University, 1993, p. 81.

ORESTES TRÁGICO EURIPIDIANO

No entanto, o traço distintivo do personagem euripidiano de Orestes é sua irresistível capacidade intelectual de reconsiderar sua atitude na sua situação sob o ponto de vista do adversário, donde decorrem os estados de perplexidade e os momentos de hesitação. Vejamos como isso se dá nas quatro tragédias que temos de Eurípides com esse personagem.

Na tragédia *Electra* de Eurípides, antes mesmo do matricídio, Orestes inflete o modo de se apresentar de uma atitude de confiança para outra de desconfiança. Antes, no prólogo, Orestes é esperado e se apresenta como investido pelo oráculo de Apolo em Delfos na missão filial de vingar o pai matando os matadores, invoca os poderes ctônios do finado pai e a justiça dos ínferos e alia-se à irmã devotada à memória do pai e solidária na missão da vindita. Depois, no quarto episódio, na esticomitia, ante a visão da aproximação do carro de Clitemnestra, Orestes considera a dificuldade de matar a mãe, invoca Febo e declara o seu vaticínio "muita insciência" (*pollèn g'amathían, El.* 971) ante as implicações do matricídio, mas reconsidera e receia que a ordem dada pelo oráculo provenha de Nume ilatente assemelhado ao Deus. Enquanto Orestes explica a Electra as implicações do matricídio, Electra em réplica lhe contrapõe as implicações de negligenciar a vingança paterna (*El.* 962-981). Dada a peroração e exortação de Electra, Orestes se dispõe a fazer o que considera terrível ação (*deinà dráso, El.* 986), e declara "árdua, não doce" a sua luta (*pikròn d'oukh' hedy t'agónisma, El.* 987).

Depois do matricídio, na segunda estrofe do quarto estásimo da tragédia *Electra* de Eurípides, Orestes invoca "Terra e Zeus onisciente dos mortais" (*El.* 1177) como testemunhas dos "feitos sanguinários horrendos" que executou para se ressarcir de seus sofrimentos. Na segunda antístrofe, Orestes invoca Febo e indaga perplexo aonde e a quem ir após ter matado a mãe, Electra ecoa a perplexa indagação pelo porvir, e o coro parece aprovar a mudança de ânimo de Electra (*El.* 1190-1205). Na terceira estrofe (*El.* 1206-1213), Orestes recorda o perturbador gesto súplice da mãe a mostrar o seio ao ser morta, e o coro ecoa o tom de lástima. Na terceira antístrofe, Orestes reproduz as palavras súplices da mãe ao ser morta, e o coro lastima o difícil de tolerar massacre da mãe (*El*. 1214-1220). Na quarta estrofe, Orestes recorda o gesto matricida, e Electra assume que o auxiliou nesse gesto e assim cometeu a mais terrível calamidade (*El*. 1221-1226).

No êxodo, na epifania dos Dióscoros, Castor declara a justiça da imolação de sua irmã Clitemnestra, atribui esse ato de execução a Apolo, não a Orestes, reconhece que o Deus "sábio não vaticinou sábio" (*sophòs d'ón ouk ékhrese soi sofá*, *El*. 1245), mas abstém-se de julgamento, porque Apolo é o seu rei e porque "é coercivo anuir a isso, é necessário / ser o que Parte e Zeus validaram" para Orestes (*El*. 1247 e s.). Portanto, diante da "insciência" do vaticínio de Apolo, Castor com irresistível persuasão identificando o vaticínio de Apolo com as determinações de Parte e de Zeus aconselha a atitude de anuência aos acontecimentos e de *amor Fati*. Aparentemente, a "insciência" do oráculo de Apolo consistiria em não levar em consideração os sofrimentos de Orestes coagido a ato que o torna impuro e interdito, quando o oráculo menciona as Erínies paternas e ignora as Erínies maternas.

Na tragédia *Orestes* de Eurípides, no sexto dia após ter matado a mãe, com a participação da irmã Electra e do primo Pílades, Orestes está sem se alimentar nem se banhar, oculto sob o manto, ora lúcido chora, ora salta do leito qual potro, acometido de Erínies. A pólis de Argos proibiu os argivos de acolher nos lares os irmãos matricidas e de dirigir-lhes a palavra porque conspurcados pelo matricídio e nesse sexto dia deve decidir por votação a possível sentença de morte contra os irmãos matricidas. Nessa situação, Orestes, ao ver o seu avô Tindáreo se aproximar, exclama: "Pudor me impede / de ir às suas vistas, por atos praticados" (*Or*. 460 e s.). Orestes é tomado de Pudor (*Aidós*, *Or*. 460) sob as vistas do avô, porque o vínculo de afeto ao avô o faz considerar os seus próprios atos sob o ponto de vista do avô e concluir que, em vista da gratidão devida ao avô, a "retribuição não foi boa" (*apédok' amoibàs ou kalás*, *Or*. 467). No entanto, este estado de perplexidade e momento de hesitação não o impedem de defender-se em seguida contrapondo argumento a argumento no debate (*agón*) com Tindáreo.

Na tragédia *Ifigênia em Táurida* de Eurípides, no prólogo, sob intenso infortúnio Orestes oscila entre extremos de confiança e desespero: por um lado, a confiança em Apolo, cujo oráculo o leva a essa viagem em busca do ídolo de Ártemis caído no céu, para a expiação do matricídio e consequente libertação das punitivas Erínies, e por outro lado, o desespero em que acusa Apolo de conduzi-lo a uma cilada e sugere a fuga antes que os prendam e matem. No momento de manifesto desespero de Orestes, Pílades o exorta à coragem e confiança no oráculo divino, e propõe um plano cuja ação traz consigo uma possibilidade de êxito e salvação.

Na tragédia *Andrômaca* de Eurípides, Orestes se apresenta como se agisse em concerto com o Deus Apolo, a quem inclui em seus planos domésticos como se tudo se desse por uma coincidência de interesses comuns do Deus Apolo e do mortal Orestes.

REFERÊNCIAS BIBLIOGRÁFICAS

ALLAN, William. *The Andromache and Euripidean Tragedy*. Oxford University Press, 2000.
ÉSQUILO. *Oresteia I – Agamêmnon, II – Coéforas, III – Eumênides*. Estudo e tradução de Jaa Torrano. São Paulo, Iluminuras, 2004.
EURIPIDES. *Andromache*. Michael Lloyd. Warminster, Aris et Phillips, 1994.
_____. *Electra*. H. M. Roisman and C. A. E. Luschnig. University of Oklahoma, 2011.
_____. *Electra*. J. D. Deniston. Oxford University Press. 2nd. ed. 2002.
_____. *Ifigenia in Tauride*. Domenico Bassi. Milano, Carlo Signorelli, 1963.
_____. *Iphigenia in Tauris*. M. J. Cropp. Warminster, Aris et Phillips, 2000.
_____. *Orestes*. C. W. Willink. Oxford University Press. Reprinted 2004.
_____. *Orestes*. M. L. West. Warminster, Aris et Phillips. 3rd impression 1990.
_____. *Fabulae*. J. Diggle. Oxford Classical Texts. I, II, III. 1984, 1981, 1994.
HOMER. *Odyssey I-XII*. W. B. Stanford. Bristol Classical Press, 2003.
SOPHOCLES. *Electra*. J. H. Kells. Cambridge University, 1973.
_____. *Electra*. P. J. Finglas. Cambridge University, 2007.
_____. *Fabulae*. H. Lloyd-Jones et N. G. Wilson. Oxford Classical Texts, 1990.

[Publicado em *Codex – Revista de Estudos Clássicos*, Rio de Janeiro, vol. 8, n. 1, pp. 171-182, 2020.]

Orestes e o Sonho

Beatriz de Paoli

Considerando que Orestes em *Electra* se caracteriza por sua atitude militar e tanto a morte de Clitemnestra como a de Egisto são caracterizadas como um ato de justiça político, no interesse da comunidade democrática, cabe-nos observar em que medida isso se reflete na representação dos elementos divinatórios nesta tragédia, isto é, no oráculo de Apolo e no sonho de Clitemnestra.

Do oráculo de Apolo, sabemos no prólogo, do diálogo entre Orestes e o Pedagogo, que, após consultar o Deus em seu santuário em Delfos, Orestes deve oferecer sacrifício à tumba do pai e dar morte a seus assassinos.

À semelhança do que ocorre nas *Coéforas* de Ésquilo, o oráculo funciona como motor da ação trágica, impelindo Orestes, às ocultas, de volta ao palácio dos Atridas. Algumas similaridades podem ser observadas entre os oráculos nas *Coéforas* e em *Electra*. O vaticínio apolínio é similar em conteúdo e, em ambas as tragédias, é reportado por Orestes em discurso indireto. Há, porém, diferenças dignas de menção.

Nas *Coéforas*, após o reconhecimento entre Orestes e Electra, no primeiro episódio, o coro pede que os irmãos silenciem seu júbilo, para que a notícia do retorno de Orestes não chegue aos ouvidos dos algozes de seu pai. Ao temor do coro, Orestes contrapõe a confiança no oráculo de Apolo, que passa então a reportar:

> Não nos trairá o oráculo plenipotente
> de Lóxias, ao impelir a este perigo
> com muitos brados e ao proclamar
> tormentosa erronia no cálido fígado,
> se não punir os culpados de meu pai
> dando-lhes por sua vez a mesma morte,
> e disse que em minha própria pessoa
> eu o pagaria com muitos tristes males,
> feito um touro sem bens por castigo[1]. (*Coé.* 269-277)

O oráculo (*khresmós*, *Coé.* 269) que impele à ação é eloquente: a sua narrativa inclui, ao longo de dezesseis versos, sete ocorrências de verbos de elocução: *exorthiázo* ("bradar", *Coé.* 271), *exaudáo* ("proclamar", *Coé.* 272), *légo* ("dizer", *Coé.* 274, 279), *phásko* ("dizer", *Coé.* 276), *piphaúsko* ("anunciar", *Coé.* 279) e *phonéo* ("falar", *Coé.* 283).

Ao se ressaltarem os verbos de elocução, chamando-se, assim, atenção para o processo de comunicação entre o Deus e Orestes, sublinha-se o papel do Deus como sujeito da elocução através do seu oráculo. Nenhuma menção é feita à ocasião da consulta em Delfos ou à pergunta feita a Apolo. É como se o próprio Deus tivesse interpelado Orestes e não o contrário. Na comunicação entre Deus e mortal, é a interpelação divina e as consequências dessa interpelação que são colocadas em evidência.

O relato desse vaticínio loquaz inicia-se sob a forma de uma oração condicional, em que a apódose precede a prótase, de forma que as consequências do não cumprimento do comando dado pelo oráculo ("tormentosa erronia no cálido fígado", *Coé.* 272) precedem aquilo a que o oráculo comanda ("se não punir os culpados de meu pai / dando-lhes por sua vez a mesma morte", *Coé.* 273-274).

---

1. Tradução de Jaa Torrano.

Além de as consequências do não cumprimento do oráculo antecederem o próprio vaticínio, a extensão dada a ambos é significativa: a punição da morte de Agamêmnon mediante dolo ocupa dois versos, enquanto o relato pormenorizado das consequências que Orestes sofreria caso não o fizesse se estende por mais de vinte versos (*Coé*. 275-296), o que ressalta o aspecto coercitivo do vaticínio.

Em *Electra*, quando Orestes menciona pela primeira vez o oráculo, o relato inicia-se com a menção à consulta em Delfos.

> Eu quando fui suplicar ao oráculo pítico
> para saber de que modo faria por meu pai
> justiça junto daqueles que o executaram
> Febo me respondeu tal qual já saberás:
> inerme de escudo e de tropa eu mesmo
> doloso com mão justa levar imolações. (*El*. 32-37)

O oráculo é nominalmente qualificado – pítico (*tò Pythikón*, *El*. 32) – e, em discurso indireto, ficamos sabendo não somente da resposta de Apolo – "inerme de escudo e de tropa eu mesmo / doloso com mão justa levar imolações" (*El*. 36-37) – como da pergunta feita ao Deus – "para saber de que modo faria por meu pai / justiça junto daqueles que o executaram" (*El*. 33-34). O verbo cujo sujeito é Apolo é *khráo* (*El*. 35), um verbo de elocução utilizado particularmente para respostas oraculares, o que é condizente com a menção à consulta oracular em Delfos. Seu uso no presente histórico ressalta o aspecto vívido da ação no passado. Assim sendo, no relato do oráculo, a descrição da consulta em Delfos, ainda que breve, implica Orestes diretamente no processo de comunicação entre Deus e mortal: é ele quem interpela Apolo e não o contrário.

Não há nenhuma menção às consequências da não observância do oráculo e, ainda mais significativo, nenhuma menção às Erínies. Ainda que breves, as menções ao vaticínio de Apolo trazem informações precisas: quais ações Orestes deve executar, em que ordem, como deve fazê-lo e que qualidades essas ações devem possuir. Orestes deve primeiramente sacrificar à tumba de Agamêmnon (*El.* 51-53; 82-84) e, depois (*eîta*, *El.* 53), vingar-se dos assassinos de seu pai (*El.* 32-37). A execução da vingança é quadruplamente qualificada: Orestes deve agir desarmado, sozinho, de forma dolosa e justa (*El.* 36-37). O oráculo, portanto, é claro e assertivo, como soem ser os oráculos dados a Orestes: são comandos, ordens, não estão sujeitos à interpretação.

A resposta de Apolo foi entendida por alguns comentadores como se fosse uma citação direta das palavras proferidas em Delfos. Porém, uma característica comum aos oráculos sofoclianos é o fato de serem mencionados de forma indireta, esparsa, cambiante, como peças de um caleidoscópio, de modo que a forma *verbatim* do vaticínio não é acessível. Tal característica comumente contribui para criar uma margem de erro na sua interpretação, de modo que o herói acaba por interpretá-lo incorretamente, o que constitui uma *hamartía*, isto é, um erro trágico.

Essa característica dos oráculos na tragédia sofocliana levou alguns comentadores de *Electra* à hipótese de que Orestes interpreta mal o oráculo recebido, porque, como argumentam, ele teria feito a pergunta errada ao Deus: em vez de perguntar *se* deveria se vingar dos matadores de seu pai, ele pergunta *como* deveria fazê-lo. A resposta de Apolo seria uma espécie de armadilha divina, levando-o a agir contra os seus interesses. Ora, como ressaltam os que se colocam contra a essa interpretação, a presença do termo *éndikos* (*El.* 37), que qualifica a mão que há de matar os que mataram, deixa clara a legitimidade da vingança a ser perpetrada por Orestes.

Se temos, portanto, ainda que com termos e focos distintos, o mesmo oráculo em Ésquilo e Sófocles, o sonho de Clitemnestra, por sua vez, é bastante distinto. As imagens do sonho de Clitemnestra com a serpente nas *Coéforas* representam a relação entre mãe e filho: a simbologia onírica diz respeito ao horror do matricídio. Já as imagens do sonho em *Electra* representam a retomada do trono de Micenas pelos Atridas: a simbologia onírica diz respeito ao fim da tirania e a instauração de um governo legítimo. Enquanto o sonho da Clitemnestra esquiliana prenuncia a sua morte às mãos de Orestes, o sonho da

Clitemnestra sofocliana prenuncia tanto a sua morte e a de Egisto às mãos de Orestes como a retomada do poder pelos Atridas. Os sonhos explicitam, assim, temas fulcrais em ambas as tragédias: em Ésquilo, o matricídio; em Sófocles, a tirania.

O sonho, em *Electra*, é narrado por Crisótemis à irmã no primeiro episódio:

> Conta-se que em sonho ela avistou
> uma nova visita do teu e meu pai
> vindo à luz e ele tomou e plantou
> na lareira o cetro que tinha outrora
> ele e hoje Egisto e do cetro brotou
> luxuriante ramo que recobriu toda
> a terra dos micênios com sombras. (*El.* 417-423)

Os comentadores chamam a atenção para a semelhança entre o sonho da Clitemnestra sofocliana e um conjunto de sonhos relatados por Heródoto nas *Histórias*: os sonhos de Astíages com sua filha Mandane (I, 107; 108), o de Ciro com Dario (I, 209), o de Cambises com seu irmão Smerdis e o terceiro sonho de Xerxes (VII, 9). Tais sonhos revelam um mesmo padrão onírico: a recorrência de uma figura central a partir da qual um elemento se expande por uma grande vastidão. Em Heródoto, tais sonhos estão relacionados à figura de soberanos bárbaros, que reinam monocraticamente sobre muitos, estendendo seu poder sobre um vasto domínio. O alcance desse poder é representado, através das imagens oníricas, como algo anômalo, disforme, que vai contra a ordem natural das coisas; é, assim, um poder excessivo, e, sendo excessivo, está sujeito ao *pthónos* dos deuses.

No sonho de *Electra*, há um padrão onírico semelhante ao encontrado nas *Histórias*, porém mais complexo, pois o sonho é constituído de pequenas sequências. Primeiramente, tem-se a figura de Agamêmnon, que vem à luz (*elthóntos es phôs*, *El.* 419), aparecendo ante Clitemnestra. A sua chegada diante da esposa constitui a primeira sequência. A segunda sequência é introduzida por um advérbio de tempo ("em seguida", "depois", *eîta*, *El.* 419). Agamêmnon, então, tendo pegado o cetro, planta-o na lareira. O cetro, do qual irá brotar o ramo, ganha movimento e dinamicidade pela oração relativa que o situa temporalmente entre dois tempos distintos – outrora (*poté*, *El.* 420) e hoje (*tanŷn*, *El.* 421) – e entre duas figuras distintas – Agamêmnon e Egisto. Por fim, temos a última sequência, unida à anterior por coordenação (*dé*, *El.* 421), em que brota do cetro o ramo que ensombrece Micenas.

O cetro, como observa Vernant[2], é a imagem móvel da soberania. Trata-se, além disso, do poderoso cetro dos Pelópidas, cuja genealogia é descrita na *Ilíada* (ii, 101-108). A lareira, por sua vez, é um símbolo da centralidade do poder e da autoridade tanto no âmbito da família quanto da coletividade, como constata Lill[3]. Embora seja Egisto que, no sonho, figura como o detentor do poder – é ele que primeiramente empunha o cetro que Agamêmnon planta na lareira –, quem de fato sonha é Clitemnestra. Essa inversão na identidade do sonhador é indicativa da inversão de papéis na relação entre Egisto e Clitemnestra, uma inversão que está presente no tratamento do mesmo tema pelos três poetas trágicos.

A riqueza simbólica que as imagens oníricas oferecem não é, contudo, explorada ao longo do drama, como acontece na tragédia esquiliana. A interpretação do sonho em seus elementos constituintes dá lugar a uma interpretação geral do sonho como um sinal divino. Sabe-se se este sinal é percebido como favorável ou desfavorável de acordo com a reação das personagens ao sonho.

Para Clitemnestra, o sonho é motivo de pavor (*phóbou*, *El.* 427). A primeira referência ao sonho se dá pelo medo (*deímatos*, *El.* 410) que ele desperta em Clitemnestra a ponto de mobilizá-la a enviar as

---

2. J.-P. Vernant. Héstia-Hermes. "Sobre a Expressão Religiosa do Espaço e do Movimento Entre os Gregos". *Mito e Pensamento Entre os Gregos*. Trad. Haiganuch Sarian. 2. ed. Rio de Janeiro, Paz e Terra, 1990, p. 202.
3. Anne Lill. "Dream Symbols in Greek Tragedy: The Case of Clytemnestra". *Interlitteraria*, vol. 8, p. 188, 2003.

libações. Além disso, que Crisótemis conheça o conteúdo do sonho da mãe é justificado com o fato de ela tê-lo ouvido de alguém que estava presente quando Clitemnestra "mostra o sonho ao Sol" (*Helíoi deíknusi toýnar, El.* 424-425). De acordo com os comentadores, o ato de contar o sonho ao Sol era um rito apotropaico, isto é, uma forma de evitar o mal por ele prenunciado. As libações enviadas por Clitemnestra já são um ato de caráter apotropaico, ao qual vem se juntar outro, o que enfatiza o temor causado pelo sonho na rainha. A própria Clitemnestra, no segundo episódio, ao presidir a entrega de oferendas a Apolo, pede que o deus a liberte dos temores (*deimáton, El.* 636) que possui, os quais, sabe-se, advêm de seu sonho.

Para Electra, o sonho é motivo de expectativa. À notícia de que a mãe teve um sonho Electra reage positivamente, antes mesmo de conhecer seu conteúdo. O que parece ser mais significativo é a percepção do sonho como um sinal divino. Electra considera-o ter sido enviado por Agamêmnon (*El.* 459-460), e, portanto, desfavorável a seus inimigos.

Para o coro, o sonho é motivo de confiança, pois ele o interpreta como um sinal divino a prenunciar a chegada da justiça, mediante a qual os assassinos do rei legítimo e usurpadores do trono micênico serão justamente punidos. Tão certo está o coro de que o sonho de Clitemnestra há de se cumprir como está certo da possibilidade mesma da adivinhação por sonhos e oráculos (*El.* 498-502).

No primeiro estásimo, em que o coro manifesta a confiança de que Agamêmnon será vingado, sonhos e oráculos aparecem como comunicações ligadas entre si: são a mesma expressão da justiça divina em linguagens distintas. Essas linguagens constituem o âmbito de Apolo e falam do mesmo: justiça (*díke*). O oráculo enuncia a necessidade de *díke*, e o sonho, com sua simbologia, circunscreve essa *díke* ao âmbito do exercício do poder no interesse da comunidade democrática. Dessa forma, oráculo e sonho são representados conjuntamente como sinais divinos que legitimam a ação de Orestes, uma ação que se configura como um ato de justiça político contra o exercício da tirania.

REFERÊNCIAS BIBLIOGRÁFICAS:

Bowman, Laurel. "Klytaimnestra's Dream: Prophecy in Sophokles' 'Elektra'". *Phoenix*, vol. 51, n. 2, 1997, pp. 131-151.

Goward, Barbara. *Telling Tragedy: Narrative Technique in Aeschylus, Sophocles and Euripides*. London, Duckworth, 2009.

Kamerbeek, J. C. *The Plays of Sophocles*. Part v, *The Electra*. Leiden, Brill, 1974.

Lill, Anne. "Dream Symbols in Greek Tragedy: The Case of Clytemnestra". *Interlitteraria*, vol. 8, pp. 178-196, 2003.

Macleod, Leona. *Dolos and Dike in Sophokles' Elektra*. Leiden, Brill, 2001.

Sophocles. *Electra*. Edited with introduction and commentary by P. J. Finglas. Cambridge, Cambridge University Press, 2007.

Vernant, J.-P. Héstia-Hermes. "Sobre a Expressão Religiosa do Espaço e do Movimento Entre os Gregos". *Mito e Pensamento Entre os Gregos*. 2 ed. Trad. Haiganuch Sarian. Rio de Janeiro, Paz e Terra, 1990.

ΗΛΕΚΤΡΑ / ELECTRA*

---

* A presente tradução segue o texto de H. Lloyd-Jones e N. G. Wilson *Sophoclis Fabulae* (Oxford, Oxford University Press, 1990). Os números à margem dos versos seguem a referência estabelecida pela tradição filológica e nem sempre coincidem com a sequência ordinal.

ΤΑ ΤΟΥ ΔΡΑΜΑΤΟΣ ΠΡΟΣΩΠΑ

Παιδαγωγός
Ὀρέστης
Ἠλέκτρα
Χορὸς ἐπιχωρίων παρθένων
Χρυσόθεμις
Κλυταιμήστρα
Αἴγισθος

PERSONAGENS DO DRAMA

Preceptor
Orestes
Electra
Coro de virgens nativas
Crisótemis
Clitemnestra
Egisto

ΗΛΕΚΤΡΑ

ΠΑΙΔΑΓΩΓΟΣ
Ὦ τοῦ στρατηγήσαντος ἐν Τροίᾳ ποτὲ
Ἀγαμέμνονος παῖ, νῦν ἐκεῖν᾽ ἔξεστί σοι
παρόντι λεύσσειν, ὧν πρόθυμος ἦσθ᾽ ἀεί.
τὸ γὰρ παλαιὸν Ἄργος οὑπόθεις τόδε,
5 τῆς οἰστροπλῆγος ἄλσος Ἰνάχου κόρης·
αὕτη δ᾽, Ὀρέστα, τοῦ λυκοκτόνου θεοῦ
ἀγορὰ Λύκειος· οὑξ ἀριστερᾶς δ᾽ ὅδε
Ἥρας ὁ κλεινὸς ναός· οἷ δ᾽ ἱκάνομεν,
φάσκειν Μυκήνας τὰς πολυχρύσους ὁρᾶν,
10 πολύφθορόν τε δῶμα Πελοπιδῶν τόδε,
ὅθεν σε πατρὸς ἐκ φόνων ἐγώ ποτε
πρὸς σῆς ὁμαίμου καὶ κασιγνήτης λαβὼν
ἤνεγκα κἀξέσωσα κἀξεθρεψάμην
τοσόνδ᾽ ἐς ἥβης, πατρὶ τιμωρὸν φόνου.
15 νῦν οὖν, Ὀρέστα καὶ σὺ φίλτατε ξένων
Πυλάδη, τί χρὴ δρᾶν ἐν τάχει βουλευτέον·
ὡς ἡμὶν ἤδη λαμπρὸν ἡλίου σέλας
ἑῷα κινεῖ φθέγματ᾽ ὀρνίθων σαφῆ
μέλαινά τ᾽ ἄστρων ἐκλέλοιπεν εὐφρόνη.
20 πρὶν οὖν τιν᾽ ἀνδρῶν ἐξοδοιπορεῖν στέγης,
ξυνάπτετον λόγοισιν· ὡς ἐνταῦθ᾽ †ἐμὲν
ἵν᾽ οὐκέτ᾽ ὀκνεῖν καιρός, ἀλλ᾽ ἔργων ἀκμή.

ΟΡΕΣΤΗΣ
ὦ φίλτατ᾽ ἀνδρῶν προσπόλων, ὥς μοι σαφῆ
σημεῖα φαίνεις ἐσθλὸς εἰς ἡμᾶς γεγώς.
25 ὥσπερ γὰρ ἵππος εὐγενής, κἂν ᾖ γέρων,
ἐν τοῖσι δεινοῖς θυμὸν οὐκ ἀπώλεσεν,

[PRÓLOGO (1-120)]

PRECEPTOR
    Ó filho do condutor de tropa a Troia,
    Agamêmnon, tu agora presente podes
    olhar o que sempre foi o teu empenho.
    Eis a antiga Argólida de tuas saudades,
5   o bosque da aguilhoada filha de Ínaco.
    Orestes, eis do Deus matador de lobos
    a Praça Lupina e à sua esquerda eis
    o ínclito templo de Hera aonde viemos,
    dize que avistas a multiáurea Micenas
10   e este lar dos Pelópidas multidestruído,
    donde após a morte de teu pai outrora
    eu te recebi de tua consanguínea irmã,
    transportei são e salvo e dei o sustento
    até a idade de vingares a morte do pai.
15   Agora, Orestes e tu, caríssimo hóspede
    Pílades, deveis decidir logo que fazer,
    pois já nos move brilhante luz do Sol
    os claros gorjeios das aves da aurora
    e Noite benévola abandonou os astros.
20   Antes que varões saiam de casa, ambos
    ponde-vos de acordo porque já estamos
    onde já não cabe o receio, mas a ação!

ORESTES
    Ó caríssimo varão servo, mostras claros
    sinais de que tens nata bondade conosco.
25   Tal qual cavalo de raça ainda que velho
    nos terríveis perigos não esmorece ânimo

ἀλλ' ὀρθὸν οὖς ἵστησιν, ὡσαύτως δὲ σὺ
ἡμᾶς τ' ὀτρύνεις καὐτὸς ἐν πρώτοις ἔπῃ.
τοιγὰρ τὰ μὲν δόξαντα δηλώσω, σὺ δέ
30 ὀξεῖαν ἀκοὴν τοῖς ἐμοῖς λόγοις διδούς,
εἰ μή τι καιροῦ τυγχάνω, μεθάρμοσον.
ἐγὼ γὰρ ἡνίχ' ἱκόμην τὸ Πυθικὸν
μαντεῖον, ὡς μάθοιμ' ὅτῳ τρόπῳ πατρὶ
δίκας ἀροίμην τῶν φονευσάντων πάρα,
35 χρῇ μοι τοιαῦθ' ὁ Φοῖβος ὧν πεύσῃ τάχα·
ἄσκευον αὐτὸν ἀσπίδων τε καὶ στρατοῦ
δόλοισι κλέψαι χειρὸς ἐνδίκου σφαγάς.
ὅτ' οὖν τοιόνδε χρησμὸν εἰσηκούσαμεν,
σὺ μὲν μολών, ὅταν σε καιρὸς εἰσάγῃ,
40 δόμων ἔσω τῶνδ', ἴσθι πᾶν τὸ δρώμενον,
ὅπως ἂν εἰδὼς ἡμὶν ἀγγείλῃς σαφῆ.
οὐ γάρ σε μὴ γήρᾳ τε καὶ χρόνῳ μακρῷ
γνῶσ', οὐδ' ὑποπτεύσουσιν, ὧδ' ἠνθισμένον.
λόγῳ δὲ χρῶ τοιῷδ', ὅτι ξένος μὲν εἶ
45 Φωκέως παρ' ἀνδρὸς Φανοτέως ἥκων· ὁ γὰρ
μέγιστος αὐτοῖς τυγχάνει δορυξένων.
ἄγγελλε δ' ὅρκον προστιθείς, ὁθούνεκα
τέθνηκ' Ὀρέστης ἐξ ἀναγκαίας τύχης,
ἄθλοισι Πυθικοῖσιν ἐκ τροχηλάτων
50 δίφρων κυλισθείς· ὧδ' ὁ μῦθος ἐστάτω.
ἡμεῖς δὲ πατρὸς τύμβον, ὡς ἐφίετο,
λοιβαῖσι πρῶτον καὶ καρατόμοις χλιδαῖς
στέψαντες, εἶτ' ἄψορρον ἥξομεν πάλιν,
τύπωμα χαλκόπλευρον ἠρμένοι χεροῖν,
55 ὃ καὶ σὺ θάμνοις οἶσθά που κεκρυμμένον,
ὅπως λόγῳ κλέπτοντες ἡδεῖαν φάτιν
φέρωμεν αὐτοῖς, τοὐμὸν ὡς ἔρρει δέμας
φλογιστὸν ἤδη καὶ κατηνθρακωμένον.
τί γάρ με λυπεῖ τοῦθ', ὅταν λόγῳ θανὼν

mas tem retas orelhas do mesmo modo
tu nos exortas e mesmo segues primeiro.
Assim é que darei o meu parecer e tu
30 com tua sagaz oitiva de minhas palavras
se algo não alcanço o ponto, harmoniza!
Eu quando fui suplicar ao oráculo pítico
para saber de que modo faria por meu pai
justiça junto daqueles que o executaram
35 Febo me respondeu tal qual já saberás:
inerme de escudo e de tropa eu mesmo
doloso com mão justa levar imolações.
Quando então um tal oráculo ouvimos,
tu, vindo quando a ocasião te conduz
40 a esta casa, conhece já toda a façanha
para que saibas e nos anuncies claro.
Com Velhice e longo tempo não te
reconhecem nem suspeitam as cãs.
Serve-te desta fala: que és forasteiro
45 e vens de Fanoteu, varão fócio que
é o mais leal dos aliados militares.
Anuncia proferindo juramento que
Orestes morreu por sorte coerciva
porque rolou do carroçante carro
50 nos jogos pítios. Tal seja tua fala.
Nós conforme oráculo após coroar
tumba do pai com poções e cachos
de cabelos viremos por via de volta
trazendo urna de bronze nos braços
55 que tu sabes oculta algures na moita
para enganá-los com a doce notícia
de que o meu corpo se foi no fogo
já consumido e reduzido a cinzas.
Que me importa, se morto por fala

60 ἔργοισι σωθῶ κἀξενέγκωμαι κλέος;
 δοκῶ μέν, οὐδὲν ῥῆμα σὺν κέρδει κακόν.
 ἤδη γὰρ εἶδον πολλάκις καὶ τοὺς σοφοὺς
 λόγῳ μάτην θνῄσκοντας· εἶθ', ὅταν δόμους
 ἔλθωσιν αὖθις, ἐκτετίμηνται πλέον·
65 ὣς κἄμ' ἐπαυχῶ τῆσδε τῆς φήμης ἄπο
 δεδορκότ' ἐχθροῖς ἄστρον ὣς λάμψειν ἔτι.
 ἀλλ', ὦ πατρῷα γῆ θεοί τ' ἐγχώριοι,
 δέξασθέ μ' εὐτυχοῦντα ταῖσδε ταῖς ὁδοῖς,
 σύ τ', ὦ πατρῷον δῶμα· σοῦ γὰρ ἔρχομαι
70 δίκῃ καθαρτὴς πρὸς θεῶν ὡρμημένος·
 καὶ μή μ' ἄτιμον τῆσδ' ἀποστείλητε γῆς,
 ἀλλ' ἀρχέπλουτον καὶ καταστάτην δόμων.
 εἴρηκα μέν νυν ταῦτα· σοὶ δ' ἤδη, γέρον,
 τὸ σὸν μελέσθω βάντι φρουρῆσαι χρέος.
75 νὼ δ' ἔξιμεν· καιρὸς γάρ, ὅσπερ ἀνδράσι
 μέγιστος ἔργου παντός ἐστ' ἐπιστάτης.

{ΗΛ.}
 ἰώ μοί μοι δύστηνος.

{ΠΑ.}
 καὶ μὴν θυρῶν ἔδοξα προσπόλων τινὸς
 ὑποστενούσης ἔνδον αἰσθέσθαι, τέκνον.

{ΟΡ.}
80 ἆρ' ἐστὶν ἡ δύστηνος Ἠλέκτρα; θέλεις
 μείνωμεν αὐτοῦ κἀπακούσωμεν γόων;

{ΠΑ.}
 ἥκιστα· μηδὲν πρόσθεν ἢ τὰ Λοξίου
 πειρώμεθ' ἔρδειν, κἀπὸ τῶνδ' ἀρχηγετεῖν,
 πατρὸς χέοντες λουτρά· ταῦτα γὰρ φέρειν
85 νίκην τέ φημι καὶ κράτος τῶν δρωμένων.

60 salvo-me nos feitos e ganho glória?
Não me parece mal a lucrativa fala.
Já muitas vezes vi também os sábios
na palavra nula mortos, mas quando
voltam ao lar eles são mais honrados.
65 Assim creio por esta palavra ainda
vivo brilhar como astro a inimigos.
Mas, ó terra pátria e Deuses locais,
acolhei-me com boa sorte nesta via!
Tu, ó casa paterna, pois venho a ti
70 justo purificador enviado por Deuses!
Não me avieis sem honra desta terra
mas antigo dono restaurador da casa!
Assim tenho dito. Cabe a ti, ancião,
pôr-te a caminho e cumprir o dever.
75 Vamos nós dois! Ocasião a melhor
presidente de toda ação dos varões.

ELECTRA
Ió moí moi, mísera!

PRECEPTOR
Parece que ouvi alguma servente
lamuriar lá dentro da casa, filho!

ORESTES
80 Será que é a mísera Electra? Queres
aguardemos e ouçamos os gemidos?

PRECEPTOR
Não, antes que as ordens de Lóxias
nada façamos e assim comecemos,
vertamos poções do pai! Penso que
85 isso traz a vitória e o poder dos atos.

{ΗΛΕΚΤΡΑ}
    ὦ φάος ἁγνὸν
    καὶ γῆς ἰσόμοιρ' ἀήρ, ὥς μοι
    πολλὰς μὲν θρήνων ᾠδάς,
    πολλὰς δ' ἀντήρεις ᾔσθου
90   στέρνων πλαγὰς αἱμασσομένων,
    ὁπόταν δνοφερὰ νὺξ ὑπολειφθῇ·
    τὰ δὲ παννυχίδων κήδη στυγεραὶ
    ξυνίσασ' εὐναὶ μογερῶν οἴκων,
    ὅσα τὸν δύστηνον ἐμὸν θρηνῶ
95   πατέρ', ὃν κατὰ μὲν βάρβαρον αἶαν
    φοίνιος Ἄρης οὐκ ἐξένισεν,
    μήτηρ δ' ἡμὴ χὠ κοινολεχὴς
    Αἴγισθος ὅπως δρῦν ὑλοτόμοι
    σχίζουσι κάρα φονίῳ πελέκει.
100 κοὐδεὶς τούτων οἶκτος ἀπ' ἄλλης
    ἢ 'μοῦ φέρεται, σοῦ, πάτερ, οὕτως
    αἰκῶς οἰκτρῶς τε θανόντος.
    ἀλλ' οὐ μὲν δὴ
    λήξω θρήνων στυγερῶν τε γόων,
105 ἔστ' ἂν παμφεγγεῖς ἄστρων
    ῥιπάς, λεύσσω δὲ τόδ' ἦμαρ,
    μὴ οὐ τεκνολέτειρ' ὥς τις ἀηδὼν
    ἐπὶ κωκυτῷ τῶνδε πατρῴων
    πρὸ θυρῶν ἠχὼ πᾶσι προφωνεῖν.
110 ὦ δῶμ' Ἀίδου καὶ Περσεφόνης,
    ὦ χθόνι' Ἑρμῆ καὶ πότνι' Ἀρά,
    σεμναί τε θεῶν παῖδες Ἐρινύες,
    αἳ τοὺς ἀδίκως θνῄσκοντας ὁρᾶθ',
    αἳ τοὺς εὐνὰς ὑποκλεπτομένους,
115 ἔλθετ', ἀρήξατε, τείσασθε πατρὸς
    φόνον ἡμετέρου,
    καί μοι τὸν ἐμὸν πέμψατ' ἀδελφόν.
    μούνη γὰρ ἄγειν οὐκέτι σωκῶ
120 λύπης ἀντίρροπον ἄχθος.

ELECTRA

    Ó luz pura,
    ó ar par da terra, ouviste
    muitas nênias pranteadas,
    muitos golpes recebidos
90   em meu peito sangrento,
    ao ir-se a noite sombria!
    Cuidados de noites vígeis
    árduo leito em triste casa
    sabe quanto pranteio mísero
95   pai meu que na terra bárbara
    o cruel Ares não hospedou;
    minha mãe e seu par no leito
    Egisto o racham com machado
    cruel qual lenhador a carvalho.
100   Nenhum outro pranto senão
    o meu se produz por ti, ó pai,
    tão ultrajado e mísero morto.
    Mas não cessarei
    o pranto e hórridos gemidos
105   enquanto os fulgentes raios
    dos astros e este dia eu vir.
    Tal como o rouxinol filicida
    em pranto ante estas paternas
    portas não sem ecoar a todos.
110   Ó casa de Hades e de Perséfone,
    ó Hermes ctônio, senhora Praga,
    veneráveis filhas de Deuses Erínies,
    vós vedes os mortos sem justiça
    vinde vós a ludibriados do leito,
115   socorrei, puni a morte
    do nosso pai!
    E enviai-me o meu irmão,
    pois a sós não mais suporto
120   o contraposto fardo de dor.

{ΧΟΡΟΣ}
{STR. 1.} ὦ παῖ παῖ δυστανοτάτας
Ἠλέκτρα ματρός, τίν' ἀεὶ
λάσκεις ὧδ' ἀκόρεστον οἰμωγὰν
τὸν πάλαι ἐκ δολερᾶς ἀθεώτατα
125 ματρὸς ἁλόντ' ἀπάταις Ἀγαμέμνονα
κακᾷ τε χειρὶ πρόδοτον; ὣς ὁ τάδε πορὼν
ὄλοιτ', εἴ μοι θέμις τάδ' αὐδᾶν.

{ΗΛ.}
ὦ γενέθλα γενναίων,
130 ἥκετ' ἐμῶν καμάτων παραμύθιον·
οἶδά τε καὶ ξυνίημι τάδ', οὔ τί με
φυγγάνει, οὐδ' ἐθέλω προλιπεῖν τόδε,
μὴ οὐ τὸν ἐμὸν στενάχειν πατέρ' ἄθλιον.
ἀλλ' ὦ παντοίας φιλότητος ἀμειβόμεναι χάριν,
135 ἐᾶτέ μ' ὧδ' ἀλύειν,
αἰαῖ, ἱκνοῦμαι.

{ΧΟ.}
{ANT. 1.} ἀλλ' οὔτοι τόν γ' ἐξ Ἀίδα
παγκοίνου λίμνας πατέρ' ἀν-
στάσεις οὔτε γόοισιν, οὐ λιταῖς·
140 ἀλλ' ἀπὸ τῶν μετρίων ἐπ' ἀμήχανον
ἄλγος ἀεὶ στενάχουσα διόλλυσαι,
ἐν οἷς ἀνάλυσίς ἐστιν οὐδεμία κακῶν.
τί μοι τῶν δυσφόρων ἐφίῃ;

[PÁRODO (121-250)]

CORO

EST. 1   Ó filha, filha da mais infausta
mãe, Electra, que insaciável
pranto assim sempre ressoas
por Agamêmnon morto outrora
125   por ímpia dolosa mãe traidora
com ardis e mão vil? Quem o fez
assim pereça, se me é lícito dizê-lo!

ELECTRA

Ó filhas de pais nobres,
130   vindes alívio de minhas dores
Conheço e compreendo isto,
nem me foge nem quero cessar
de prantear o meu mísero pai.
Ó recíprocas em toda a graça amiga
135   deixai-me assim errar a esmo,
aiaî, suplico!

CORO

ANT. 1   Mas não retirarás o teu pai
de Hades, lago comum a todos,
nem com ais nem com preces,
140   mas por desmedida pereces
lamentando impossível dor.
Assim não se resolvem males.
Por que anseias por disforias?

{ΗΛ.}
145 νήπιος ὃς τῶν οἰκτρῶς
οἰχομένων γονέων ἐπιλάθεται.
ἀλλ' ἐμέ γ' ἁ στονόεσσ' ἄραρεν φρένας,
ἅ Ἴτυν αἰὲν Ἴτυν ὀλοφύρεται,
ὄρνις ἀτυζομένα, Διὸς ἄγγελος.
150 ἰὼ παντλάμων Νιόβα, σὲ δ' ἔγωγε νέμω θεόν,
ἅτ' ἐν τάφῳ πετραίῳ,
αἰαῖ, δακρύεις.

{ΧΟ.}
{STR. 2.} οὔτοι σοὶ μούνᾳ,
τέκνον, ἄχος ἐφάνη βροτῶν,
155 πρὸς ὅ τι σὺ τῶν ἔνδον εἶ περισσά,
οἷς ὁμόθεν εἶ καὶ γονᾷ ξύναιμος,
οἵα Χρυσόθεμις ζώει καὶ Ἰφιάνασσα,
κρυπτᾷ τ' ἀχέων ἐν ἥβᾳ
160 ὄλβιος, ὃν ἁ κλεινὰ
γᾶ ποτε Μυκηναίων
δέξεται εὐπατρίδαν, Διὸς εὔφρονι
βήματι μολόντα τάνδε γᾶν Ὀρέσταν.

{ΗΛ.}
ὅν γ' ἐγὼ ἀκάματα προσμένουσ' ἄτεκνος,
165 τάλαιν' ἀνύμφευτος, αἰὲν οἰχνῶ,
δάκρυσι μυδαλέα, τὸν ἀνήνυτον
οἶτον ἔχουσα κακῶν· ὁ δὲ λάθεται
ὧν τ' ἔπαθ' ὧν τ' ἐδάη. τί γὰρ οὐκ ἐμοὶ
170 ἔρχεται ἀγγελίας ἀπατώμενον;
ἀεὶ μὲν γὰρ ποθεῖ,
ποθῶν δ' οὐκ ἀξιοῖ φανῆναι.

ELECTRA

145 Néscio é quem se esquece
dos falecidos míseros pais,
mas agrada-me a chorosa
que geme "Ítis! Ítis!" sempre,
ave aflita, núncio de Zeus.
150 Iò toda mísera Níobe, julgo-te Deusa,
porque no sepulcro de pedra
– *aiaî* – tu pranteias.

CORO

EST. 2 Não só a ti entre mortais,
filha, se mostrou a dor
155 em que és ímpar dos de casa
junto de quem és consanguínea,
vive qual Crisótemis e Ifianassa,
e oculto às dores quando jovem,
160 próspero, que a ínclita terra
micênia um dia receberá
ao vir nobre a esta terra
a passo caro a Zeus, Orestes.

ELECTRA

Incansável à sua espera, sem filho,
165 eu, mísera inupta sempre definho
úmida de pranto, com inexequível
sorte de males; ele vive esquecido
do que sofreu e soube. Qual dos
170 anúncios não me veio enganoso?
Ele sempre tem saudades,
mas saudoso não se digna surgir.

{ΧΟ.}
{ΑΝΤ. 2.} θάρσει μοι, θάρσει,
　　　τέκνον. ἔτι μέγας οὐρανῷ
175　Ζεύς, ὃς ἐφορᾷ πάντα καὶ κρατύνει·
　　　ᾧ τὸν ὑπεραλγῆ χόλον νέμουσα
　　　μήθ᾽ οἷς ἐχθαίρεις ὑπεράχθεο μήτ᾽ ἐπιλάθου·
　　　χρόνος γὰρ εὐμαρὴς θεός.
180　οὔτε γὰρ ὁ τὰν Κρῖσαν
　　　βούνομον ἔχων ἀκτὰν
　　　παῖς Ἀγαμεμνονίδας ἀπερίτροπος
　　　οὔθ᾽ ὁ παρὰ τὸν Ἀχέροντα θεὸς ἀνάσσων.

{ΗΛ.}
185　ἀλλ᾽ ἐμὲ μὲν ὁ πολὺς ἀπολέλοιπεν ἤδη
　　　βίοτος ἀνέλπιστον, οὐδ᾽ ἔτ᾽ ἀρκῶ·
　　　ἅτις ἄνευ τοκέων κατατάκομαι,
　　　ᾇς φίλος οὔτις ἀνὴρ ὑπερίσταται,
　　　ἀλλ᾽ ἀπερεί τις ἔποικος ἀναξία
190　οἰκονομῶ θαλάμους πατρός, ὧδε μὲν
　　　ἀεικεῖ σὺν στολᾷ,
　　　κεναῖς δ᾽ ἀμφίσταμαι τραπέζαις.

{ΧΟ.}
{STR. 3.} οἰκτρὰ μὲν νόστοις αὐδά,
　　　οἰκτρὰ δ᾽ ἐν κοίταις πατρῴαις,
195　ὅτε οἱ παγχάλκων ἀνταία
　　　γενύων ὡρμάθη πλαγά.
　　　δόλος ἦν ὁ φράσας, ἔρος ὁ κτείνας,
　　　δεινὰν δεινῶς προφυτεύσαντες
　　　μορφάν, εἴτ᾽ οὖν θεὸς εἴτε βροτῶν
200　ἦν ὁ ταῦτα πράσσων.

CORO

ANT. 2 Coragem! Coragem,
        filha! Ainda é grande no céu
175   Zeus que tudo guarda e domina:
        delega-lhe grave ira, não te ires
        com inimigos nem te esqueças,
        o Tempo é um Deus maneiro,
180   nem é desatento o moço
        Agamemnônida por ter
        a borda pastoril de Crisa,
        nem o Deus rei do Aqueronte.

ELECTRA

185   Longa vida sem esperança
        já se foi e não resisto mais,
        eu sem filhos me consumo,
        nenhum marido me protege,
        qual forasteira sem valor
190   sirvo na casa de meu pai
        com estas vestes indignas
        e circundo mesas vazias.

CORO

EST. 3 Mísero rumor no retorno,
        mísero no tálamo paterno,
195   quando desferido o golpe
        frontal de brônzeo gume.
        Dolo tramou, Eros matou,
        criando terrível, terrível
        cena, Deus ou mortal
200   fosse quem assim fez.

{ΗΛ.}
    ὦ πασᾶν κείνα πλέον ἁμέρα
    ἐλθοῦσ' ἐχθίστα δή μοι·
    ὦ νύξ, ὦ δείπνων ἀρρήτων
    ἔκπαγλ' ἄχθη·
205 τοῖς ἐμὸς ἴδε πατὴρ
    θανάτους αἰκεῖς διδύμαιν χειροῖν,
    αἳ τὸν ἐμὸν εἷλον βίον
    πρόδοτον, αἵ μ' ἀπώλεσαν·
    οἷς θεὸς ὁ μέγας Ὀλύμπιος
210 ποίνιμα πάθεα παθεῖν πόροι,
    μηδέ ποτ' ἀγλαΐας ἀποναίατο
    τοιάδ' ἀνύσαντες ἔργα.

{ΧΟ.}
{ΑΝΤ. 3.} φράζου μὴ πόρσω φωνεῖν.
    οὐ γνώμαν ἴσχεις ἐξ οἵων
215 τὰ παρόντ'; οἰκείας εἰς ἄτας
    ἐμπίπτεις οὕτως αἰκῶς;
    πολὺ γάρ τι κακῶν ὑπερεκτήσω,
    σᾷ δυσθύμῳ τίκτουσ' αἰεὶ
    ψυχᾷ πολέμους· τάδε – τοῖς δυνατοῖς
220 οὐκ ἐριστὰ – τλᾶθι.

{ΗΛ.}
    ἐν δεινοῖς δείν' ἠναγκάσθην·
    ἔξοιδ', οὐ λάθει μ' ὀργά.
    ἀλλ' ἐν γὰρ δεινοῖς οὐ σχήσω
    ταύτας ἄτας,
225 ὄφρα με βίος ἔχῃ.
    τίνι γάρ ποτ' ἄν, ὦ φιλία γενέθλα,
    πρόσφορον ἀκούσαιμ' ἔπος,
    τίνι φρονοῦντι καίρια;

ELECTRA

    Ó dia aquele pior
    de todos que tive!
    Ó Noite! Ó fardo
    de nefanda ceia!
205 Meu pai viu indigna
    morte por duas mãos
    que me tiraram a vida
    traída e me destruíram.
    O grande Deus Olímpio
210 lhes dê punitivas dores!
    Não frua festa jamais
    quem fez obras tais!

CORO

ANT. 3 Pensa! Não fales mais!
    Não sabes de quem vêm
215 os fatos? Cais em casa
    em erronia tão indigna?
    Obtiveste males a mais
    por brava sempre fazer
    guerras. Com poderosos
220 não se discute: suporta!

ELECTRA

    Mal nos males coagida,
    sei. Ira não me esquece.
    Entre males não deterei
    essas erronias
225 enquanto for viva.
    De quem, ó minhas caras,
    eu ouviria palavra útil,
    oportuna, de que sábio?

ἄνετέ μ' ἄνετε παράγοροι.
230 τάδε γὰρ ἄλυτα κεκλήσεται·
οὐδέ ποτ' ἐκ καμάτων ἀποπαύσομαι
ἀνάριθμος ὧδε θρήνων.

{ΧΟ.}
{EPODE.} ἀλλ' οὖν εὐνοίᾳ γ' αὐδῶ,
μάτηρ ὡσεί τις πιστά,
235 μὴ τίκτειν σ' ἄταν ἄταις.

{ΗΛ.}
καὶ τί μέτρον κακότατος ἔφυ; φέρε,
πῶς ἐπὶ τοῖς φθιμένοις ἀμελεῖν καλόν;
ἐν τίνι τοῦτ' ἔβλαστ' ἀνθρώπων;
μήτ' εἴην ἔντιμος τούτοις
240 μήτ', εἴ τῳ πρόσκειμαι χρηστῷ,
ξυνναίοιμ' εὔκηλος, γονέων
ἐκτίμους ἴσχουσα πτέρυγας
ὀξυτόνων γόων.
245 εἰ γὰρ ὁ μὲν θανὼν γᾶ τε καὶ οὐδὲν ὢν
κείσεται τάλας,
οἱ δὲ μὴ πάλιν
δώσουσ' ἀντιφόνους δίκας,
ἔρροι τ' ἂν αἰδὼς
250 ἁπάντων τ' εὐσέβεια θνατῶν.

            Deixai, deixai, parceiras,
230   pois isto se dirá insolúvel!
            Não cessarei nunca fadigas
            tão sem conta dos prantos.

CORO
EPODO Mas benévola te digo
            qual mãe leal: não cries
235   a erronia com erronias!

ELECTRA
            Qual a medida do mal? Diz,
            é belo descuidar de mortos?
            Essa índole é de que homens?
            Com eles não me honrem
245   nem eu associada ao bem
            conviva quieta se retenho
            sem honra asas de agudos
            lamentos por meu pai.
            Se o morto jazer mísero
            por ser terra e nada mais
            sem justiça por sua morte,
            faltariam Pudor
250   e Piedade a todo mortal.

{ΧΟ.}
ἐγὼ μέν, ὦ παῖ, καὶ τὸ σὸν σπεύδουσ' ἅμα
καὶ τοὐμὸν αὐτῆς ἦλθον· εἰ δὲ μὴ καλῶς
λέγω, σὺ νίκα· σοὶ γὰρ ἑψόμεσθ' ἅμα.

{ΗΛ.}
αἰσχύνομαι μέν, ὦ γυναῖκες, εἰ δοκῶ
255 πολλοῖσι θρήνοις δυσφορεῖν ὑμῖν ἄγαν.
ἀλλ' ἡ βία γὰρ ταῦτ' ἀναγκάζει με δρᾶν,
σύγγνωτε. πῶς γάρ, ἥτις εὐγενὴς γυνή,
πατρῷ' ὁρῶσα πήματ', οὐ δρῴη τάδ' ἄν,
ἁγὼ κατ' ἦμαρ καὶ κατ' εὐφρόνην ἀεὶ
260 θάλλοντα μᾶλλον ἢ καταφθίνονθ' ὁρῶ;
ᾗ πρῶτα μὲν τὰ μητρός, ἥ μ' ἐγείνατο,
ἔχθιστα συμβέβηκεν· εἶτα δώμασιν
ἐν τοῖς ἐμαυτῆς τοῖς φονεῦσι τοῦ πατρὸς
ξύνειμι, κἀκ τῶνδ' ἄρχομαι κἀκ τῶνδέ μοι
265 λαβεῖν θ' ὁμοίως καὶ τὸ τητᾶσθαι πέλει.
ἔπειτα ποίας ἡμέρας δοκεῖς μ' ἄγειν,
ὅταν θρόνοις Αἴγισθον ἐνθακοῦντ' ἴδω
τοῖσιν πατρῴοις, εἰσίδω δ' ἐσθήματα
φοροῦντ' ἐκείνῳ ταὐτά, καὶ παρεστίους
270 σπένδοντα λοιβὰς ἔνθ' ἐκεῖνον ὤλεσεν,
ἴδω δὲ τούτων τὴν τελευταίαν ὕβριν,
τὸν αὐτοέντην ἡμὶν ἐν κοίτῃ πατρὸς
ξὺν τῇ ταλαίνῃ μητρί, μητέρ' εἰ χρεὼν
ταύτην προσαυδᾶν τῷδε συγκοιμωμένην·
275 ἡ δ' ὧδε τλήμων ὥστε τῷ μιάστορι

[PRIMEIRO EPISÓDIO (251-471)]

CORO
    Eu, ó filha, vim com o zelo do teu
    e do meu também. Se não digo bem
    vence tu e seguiremos junto contigo.

ELECTRA
    Vexa-me, ó mulheres, se pareço
255 afligir-vos com prantos de mais.
    Mas Violência me faz agir assim,
    perdoai! Como uma nobre mulher
    ao ver a dor paterna não faria isto
    se de dia e de noite sempre a vejo
260 florescer mais do que extinguir-se?
    Primeiro, essa mãe que me gerou
    resultou péssima; depois, em minha
    casa convivo com os que mataram
    meu pai e deles é o poder e deles
265 igualmente me vêm ter e carecer.
    Depois, que dias te pareço viver
    ao ver Egisto sentado neste trono
    de meu pai e vê-lo vestir as mesmas
    vestes que meu pai e libar domésticas
270 libações aí mesmo onde o matou,
    e ao ver a sua última transgressão,
    esse homicida no leito de meu pai
    com a mísera mãe se eu devo mãe
    chamar essa que se deita com esse.
275 Ela é tão atrevida que ela convive

ξύνεστ᾽, Ἐρινὺν οὔτιν᾽ ἐκφοβουμένη·
ἀλλ᾽ ὥσπερ ἐγγελῶσα τοῖς ποιουμένοις,
εὑροῦσ᾽ ἐκείνην ἡμέραν, ἐν ᾗ τότε
πατέρα τὸν ἀμὸν ἐκ δόλου κατέκτανεν,
280 ταύτῃ χοροὺς ἵστησι καὶ μηλοσφαγεῖ
θεοῖσιν ἔμμην᾽ ἱερὰ τοῖς σωτηρίοις.
ἐγὼ δ᾽ ὁρῶσ᾽ ἡ δύσμορος κατὰ στέγας
κλαίω, τέτηκα, κἀπικωκύω πατρὸς
τὴν δυστάλαιναν δαῖτ᾽ ἐπωνομασμένην
285 αὐτὴ πρὸς αὑτήν· οὐδὲ γὰρ κλαῦσαι πάρα
τοσόνδ᾽ ὅσον μοι θυμὸς ἡδονὴν φέρει.
αὕτη γὰρ ἡ λόγοισι γενναία γυνὴ
φωνοῦσα τοιάδ᾽ ἐξονειδίζει κακά,
"ὦ δύσθεον μίσημα, σοὶ μόνῃ πατὴρ
290 τέθνηκεν; ἄλλος δ᾽ οὔτις ἐν πένθει βροτῶν;
κακῶς ὄλοιο, μηδέ σ᾽ ἐκ γόων ποτὲ
τῶν νῦν ἀπαλλάξειαν οἱ κάτω θεοί."
τάδ᾽ ἐξυβρίζει· πλὴν ὅταν κλύῃ τινὸς
ἥξοντ᾽ Ὀρέστην· τηνικαῦτα δ᾽ ἐμμανὴς
295 βοᾷ παραστᾶσ᾽, "οὐ σύ μοι τῶνδ᾽ αἰτία;
οὐ σὸν τόδ᾽ ἐστὶ τοὔργον, ἥτις ἐκ χερῶν
κλέψασ᾽ Ὀρέστην τῶν ἐμῶν ὑπεξέθου;
ἀλλ᾽ ἴσθι τοι τείσουσά γ᾽ ἀξίαν δίκην."
τοιαῦθ᾽ ὑλακτεῖ, σὺν δ᾽ ἐποτρύνει πέλας
300 ὁ κλεινὸς αὐτῇ ταῦτα νυμφίος παρών,
ὁ πάντ᾽ ἄναλκις οὗτος, ἡ πᾶσα βλάβη,
ὁ σὺν γυναιξὶ τὰς μάχας ποιούμενος.
ἐγὼ δ᾽ Ὀρέστην τῶνδε προσμένουσ᾽ ἀεὶ
παυστῆρ᾽ ἐφήξειν, ἡ τάλαιν᾽ ἀπόλλυμαι.
305 μέλλων γὰρ αἰεὶ δρᾶν τι τὰς οὔσας τέ μου
καὶ τὰς ἀπούσας ἐλπίδας διέφθορεν.
ἐν οὖν τοιούτοις οὔτε σωφρονεῖν, φίλαι,
οὔτ᾽ εὐσεβεῖν πάρεστιν· ἀλλ᾽ ἐν τοῖς κακοῖς

com o poluente sem temer Erínis,
mas como se risse de seus feitos
ao inventar aquele dia em que
ela com dolo matou o meu pai,
280 compõe coros e todo mês imola
sacras reses a salvadores Deuses.
Eu, ao ver, por má parte em casa
pranteio, desfaço-me e lamento
a denominada malsofrida ceia,
285 eu comigo mesma se não posso
prantear quanto ao ânimo praz.
Essa mulher que se supõe nobre
clamando vitupera males tais:
"Ó ímpia odiosa, só o teu pai
290 morreu? Outro mortal não sofre?
Morras mal! Não te livrem nunca
desses gemidos os Deuses ínferos!"
Assim ultraja, exceto quando ouve
que Orestes virá. Então, em fúria,
295 grita comigo: "Não és causa disso?
Não é teu feito, tu que de minhas
mãos furtaste e subtraíste Orestes?
Mas sabe que darás digna justiça!"
Assim ladra. Presente ao seu lado,
300 assim a incita o seu ínclito esposo,
esse grande covarde, grande ruína,
que junto a mulheres é combatente.
Eu, sempre à espera de Orestes vir
para dar fim a isto, mísera, pereço.
305 Sempre adiada a ação, as presentes
e as ausentes esperanças se perdem.
Em tais males, amigas, não se pode
ser prudente nem pio, mas nos males

πολλή 'στ' ἀνάγκη κἀπιτηδεύειν κακά.

{ΧΟ.}
310 φέρ' εἰπέ, πότερον ὄντος Αἰγίσθου πέλας
λέγεις τάδ' ἡμῖν, ἢ βεβῶτος ἐκ δόμων;

{ΗΛ.}
ἦ κάρτα. μὴ δόκει μ' ἄν, εἴπερ ἦν πέλας,
θυραῖον οἰχνεῖν· νῦν δ' ἀγροῖσι τυγχάνει.

{ΧΟ.}
ἦ δὴ ἄν ἐγὼ θαρσοῦσα μᾶλλον ἐς λόγους
315 τοὺς σοὺς ἱκοίμην, εἴπερ ὧδε ταῦτ' ἔχει.

{ΗΛ.}
ὡς νῦν ἀπόντος ἱστόρει· τί σοι φίλον;

{ΧΟ.}
καὶ δή σ' ἐρωτῶ, τοῦ κασιγνήτου τί φής,
ἥξοντος, ἢ μέλλοντος; εἰδέναι θέλω.

{ΗΛ.}
φησίν γε· φάσκων δ' οὐδὲν ὧν λέγει ποεῖ.

{ΧΟ.}
320 φιλεῖ γὰρ ὀκνεῖν πρᾶγμ' ἀνὴρ πράσσων μέγα.

{ΗΛ.}
καὶ μὴν ἔγωγ' ἔσωσ' ἐκεῖνον οὐκ ὄκνῳ.

{ΧΟ.}
θάρσει· πέφυκεν ἐσθλός, ὥστ' ἀρκεῖν φίλοις.

a grande coerção é cuidar dos males.

CORO
310 Diz-nos se assim nos falas estando
Egisto perto ou tendo saído de casa.

ELECTRA
Não, não creias que eu sairia à porta,
se ele estivesse perto. Está no campo.

CORO
Então com mais coragem eu falaria
315 contigo se temos tais circunstâncias.

ELECTRA
Diz em sua ausência: que te é caro?

CORO
Pergunto: que dizes de teu irmão?
Ele virá ou tardará? Quero saber.

ELECTRA
Sim, diz, mas nada faz do que diz.

CORO
320 Tende-se a tardar em ação grande.

ELECTRA
Todavia, eu o salvei sem vacilar.

CORO
Ânimo! É nobre a valer aos seus.

{ΗΛ.}
    πέποιθ', ἐπεί τἄν οὐ μακρὰν ἔζων ἐγώ.

{ΧΟ.}
    μὴ νῦν ἔτ' εἴπῃς μηδέν· ὡς δόμων ὁρῶ
325 τὴν σὴν ὅμαιμον, ἐκ πατρὸς ταὐτοῦ φύσιν,
    Χρυσόθεμιν, ἔκ τε μητρός, ἐντάφια χεροῖν
    φέρουσαν, οἷα τοῖς κάτω νομίζεται.

{ΧΡΥΣΟΘΕΜΙΣ}
    τίν' αὖ σὺ τήνδε πρὸς θυρῶνος ἐξόδοις
    ἐλθοῦσα φωνεῖς, ὦ κασιγνήτη, φάτιν,
330 κοὐδ' ἐν χρόνῳ μακρῷ διδαχθῆναι θέλεις
    θυμῷ ματαίῳ μὴ χαρίζεσθαι κενά;
    καίτοι τοσοῦτόν γ' οἶδα κἀμαυτὴν, ὅτι
    ἀλγῶ 'πὶ τοῖς παροῦσιν· ὥστ' ἄν, εἰ σθένος
    λάβοιμι, δηλώσαιμ' ἄν οἷ' αὐτοῖς φρονῶ.
335 νῦν δ' ἐν κακοῖς μοι πλεῖν ὑφειμένῃ δοκεῖ,
    καὶ μὴ δοκεῖν μὲν δρᾶν τι, πημαίνειν δὲ μή.
    τοιαῦτα δ' ἄλλα καὶ σὲ βούλομαι ποεῖν.
    καίτοι τὸ μὲν δίκαιον οὐχ ᾗ 'γὼ λέγω,
    ἀλλ' ᾗ σὺ κρίνεις. εἰ δ' ἐλευθέραν με δεῖ
340 ζῆν, τῶν κρατούντων ἐστὶ πάντ' ἀκουστέα.

{ΗΛ.}
    δεινόν γέ σ' οὖσαν πατρὸς οὗ σὺ παῖς ἔφυς
    κείνου λελῆσθαι, τῆς δὲ τικτούσης μέλειν.
    ἅπαντα γάρ σοι τἀμὰ νουθετήματα
    κείνης διδακτά, κοὐδὲν ἐκ σαυτῆς λέγεις.
345 ἐπεί γ' ἑλοῦ σὺ θἄτερ', ἢ φρονεῖν κακῶς,
    ἢ τῶν φίλων φρονοῦσα μὴ μνήμην ἔχειν·
    ἥτις λέγεις μὲν ἀρτίως, ὡς εἰ λάβοις
    σθένος, τὸ τούτων μῖσος ἐκδείξειας ἄν·

ELECTRA
   Confio, pois eu não viveria mais.

CORO
   Não fales mais, vejo vir de casa
325   tua irmã, nascida do mesmo pai
   e mãe, Crisótemis, com oferendas
   fúnebres, que se fazem aos ínferos.

CRISÓTEMIS
   Ó irmã, que palavras tu ressoas,
   tendo vindo à saída do vestíbulo?
330   Em longo tempo não aprendeste
   a não ceder em vão à fúria vã?
   Todavia eu sei quanto me dói
   o presente, que se tivesse força
   eu mostraria o que penso deles.
335   Mas nos males vale arriar velas
   e não crer agir sem nada fazer.
   Quero que faças de outro modo.
   Todavia é justo não como digo,
   mas como julgas. Se devo ser
340   livre, ouvirei quem tem poder.

ELECTRA
   É terrível que filha do teu pai
   tu o esqueces e cuidas da mãe.
   Tuas repreensões a mim todas
   são instruções dela, nada é teu.
345   Escolhe tu se imprudente ou
   prudente não lembrar os teus.
   Tu dizes agora que se tivesses
   força, mostrarias o ódio a eles.

ἐμοῦ δὲ πατρὶ πάντα τιμωρουμένης
350 οὔτε ξυνέρδεις τήν τε δρῶσαν ἐκτρέπεις.
οὐ ταῦτα πρὸς κακοῖσι δειλίαν ἔχει;
ἐπεὶ δίδαξον, ἢ μάθ' ἐξ ἐμοῦ, τί μοι
κέρδος γένοιτ' ἂν τῶνδε ληξάσῃ γόων.
οὐ ζῶ; κακῶς μέν, οἶδ', ἐπαρκούντως δ' ἐμοί.
355 λυπῶ δὲ τούτους, ὥστε τῷ τεθνηκότι
τιμὰς προσάπτειν, εἴ τις ἔστ' ἐκεῖ χάρις.
σὺ δ' ἡμὶν ἡ μισοῦσα μισεῖς μὲν λόγῳ,
ἔργῳ δὲ τοῖς φονεῦσι τοῦ πατρὸς ξύνει.
ἐγὼ μὲν οὖν οὐκ ἄν ποτ', οὐδ' εἴ μοι τὰ σὰ
360 μέλλοι τις οἴσειν δῶρ', ἐφ' οἷσι νῦν χλιδᾷς,
τούτοις ὑπεικάθοιμι· σοὶ δὲ πλουσία
τράπεζα κείσθω καὶ περιρρείτω βίος.
ἐμοὶ γὰρ ἔστω τοὐμὲ μὴ λυπεῖν μόνον
βόσκημα· τῆς σῆς δ' οὐκ ἐρῶ τιμῆς λαχεῖν,
365 οὐδ' ἂν σύ, σώφρων γ' οὖσα. νῦν δ' ἐξὸν πατρὸς
πάντων ἀρίστου παῖδα κεκλῆσθαι, καλοῦ
τῆς μητρός· οὕτω γὰρ φανῇ πλείστοις κακή,
θανόντα πατέρα καὶ φίλους προδοῦσα σούς.

{ΧΟ.}
μηδὲν πρὸς ὀργήν πρὸς θεῶν· ὡς τοῖς λόγοις
370 ἔνεστιν ἀμφοῖν κέρδος, εἰ σὺ μὲν μάθοις
τοῖς τῆσδε χρῆσθαι, τοῖς δὲ σοῖς αὕτη πάλιν.

{ΧΡ.}
ἐγὼ μέν, ὦ γυναῖκες, ἠθάς εἰμί πως
τῶν τῆσδε μύθων· οὐδ' ἂν ἐμνήσθην ποτέ,
εἰ μὴ κακὸν μέγιστον εἰς αὐτὴν ἰὸν
375 ἤκουσ', ὃ ταύτην τῶν μακρῶν σχήσει γόων.

　　　　　Se em tudo tento vingar o pai,
350　　　tu não cooperas, mas dissuades.
　　　　　Não se soma covardia aos males?
　　　　　Pois ensina-me, ou aprende tu,
　　　　　o que me lucra cessar o pranto?
　　　　　Não vivo? Mal, sei, mas me basta.
355　　　Aflijo-os de modo a levar honra
　　　　　ao morto, se há lá alguma graça.
　　　　　Tu, se os odeias, odeias na fala,
　　　　　no ato és com quem matou o pai.
　　　　　Nem se me dessem os teus dons,
360　　　de que agora te ufanas, eu a eles
　　　　　não me renderia nunca. Suntuosa
　　　　　seja tua mesa e rodeiem-te víveres!
　　　　　Só me nutra o que não me aflija!
　　　　　Não quero ter a sorte da tua honra,
365　　　nem tu, se pensasses bem. Podendo
　　　　　gloriar-te filha do mais nobre pai,
　　　　　diz-te da mãe! À maioria te mostras
　　　　　vil traidora do pai morto e dos teus.

CORO
　　　　　Cólera não, por Deuses! Nas falas
370　　　ambas têm lucro se tu aprendesses
　　　　　a servir-te das dela e ela, das tuas.

CRISÓTEMIS
　　　　　Eu, ó mulheres, já estou habituada
　　　　　a suas palavras. Nem mencionaria
　　　　　se não ouvisse que lhe vem o mal
375　　　maior, que deterá seu longo pranto.

{ΗΛ.}
    φέρ' εἰπὲ δὴ τὸ δεινόν· εἰ γὰρ τῶνδέ μοι
    μεῖζόν τι λέξεις, οὐκ ἂν ἀντείποιμ' ἔτι.

{ΧΡ.}
    ἀλλ' ἐξερῶ σοι πᾶν ὅσον κάτοιδ' ἐγώ.
    μέλλουσι γάρ σ', εἰ τῶνδε μὴ λήξεις γόων,
380 ἐνταῦθα πέμψειν ἔνθα μή ποθ' ἡλίου
    φέγγος προσόψῃ, ζῶσα δ' ἐν κατηρεφεῖ
    στέγῃ χθονὸς τῆσδ' ἐκτὸς ὑμνήσεις κακά.
    πρὸς ταῦτα φράζου καί με μή ποθ' ὕστερον
    παθοῦσα μέμψῃ. νῦν γὰρ ἐν καλῷ φρονεῖν.

{ΗΛ.}
385 ἦ ταῦτα δή με καὶ βεβούλευνται ποεῖν;

{ΧΡ.}
    μάλισθ'· ὅταν περ οἴκαδ' Αἴγισθος μόλῃ.

{ΗΛ.}
    ἀλλ' ἐξίκοιτο τοῦδέ γ' οὕνεκ' ἐν τάχει.

{ΧΡ.}
    τίν', ὦ τάλαινα, τόνδ' ἐπηράσω λόγον;

{ΗΛ.}
    ἐλθεῖν ἐκεῖνον, εἴ τι τῶνδε δρᾶν νοεῖ.

{ΧΡ.}
390 ὅπως πάθῃς τί χρῆμα; ποῦ ποτ' εἶ φρενῶν;

ELECTRA
>   Diz o terrível! Se me disseres algo
>   pior que isto, não contradiria mais.

CRISÓTEMIS
>   Bem, eu te direi tudo quanto sei.
>   Se não cessares esse pranto, vão
380 enviar-te aonde não verás a luz
>   do Sol e viva em recoberto cárcere
>   longe desta terra hinearás os males.
>   Por isso pensa e depois se sofreres
>   não me acuses! Sê prudente agora!

ELECTRA
385 Decidiram fazer isso contra mim?

CRISÓTEMIS
>   Sim, quando Egisto vier para casa.

ELECTRA
>   Se for por isso, que ele venha logo!

CRISÓTEMIS
>   Ó mísera, que palavra imprecaste?

ELECTRA
>   Que ele venha se pensa fazer isso.

CRISÓTEMIS
390 Que será de ti? Em que tu pensas?

{ΗΛ.}
>> ὅπως ἀφ' ὑμῶν ὡς προσώτατ' ἐκφύγω.

{ΧΡ.}
>> βίου δὲ τοῦ παρόντος οὐ μνείαν ἔχεις;

{ΗΛ.}
>> καλὸς γὰρ οὑμὸς βίοτος ὥστε θαυμάσαι.

{ΧΡ.}
>> ἀλλ' ἦν ἄν, εἰ σύ γ' εὖ φρονεῖν ἠπίστασο.

{ΗΛ.}
395 μή μ' ἐκδίδασκε τοῖς φίλοις εἶναι κακήν.

{ΧΡ.}
>> ἀλλ' οὐ διδάσκω· τοῖς κρατοῦσι δ' εἰκαθεῖν.

{ΗΛ.}
>> σὺ ταῦτα θώπευ'· οὐκ ἐμοὺς τρόπους λέγεις.

{ΧΡ.}
>> καλόν γε μέντοι μὴ 'ξ ἀβουλίας πεσεῖν.

{ΗΛ.}
>> πεσούμεθ', εἰ χρή, πατρὶ τιμωρούμενοι.

{ΧΡ.}
400 πατὴρ δὲ τούτων, οἶδα, συγγνώμην ἔχει.

{ΗΛ.}
>> ταῦτ' ἐστὶ τἄπη πρὸς κακῶν ἐπαινέσαι.

ELECTRA

    Que me livre o mais longe de vós!

CRISÓTEMIS

    Não tens menção da vida presente?

ELECTRA

    A minha vida é bela de se admirar!

CRISÓTEMIS

    Mas seria se bem soubesses pensar.

ELECTRA

395   Não me ensines a ser má aos meus!

CRISÓTEMIS

    Não ensino, mas cede aos poderosos!

ELECTRA

    Adula-os tu! Não falas de meu modo.

CRISÓTEMIS

    Belo, porém, não cair por imprudência.

ELECTRA

    Cairemos, se preciso, vingando o pai.

CRISÓTEMIS

400   Bem sei que disto o pai tem o perdão.

ELECTRA

    É próprio de vis louvar essas palavras.

{ΧΡ.}
        σὺ δ' οὐχὶ πείσῃ καὶ συναινέσεις ἐμοί;

{ΗΛ.}
        οὐ δῆτα· μή πω νοῦ τοσόνδ' εἴην κενή.

{ΧΡ.}
        χωρήσομαί τἄρ' οἷπερ ἐστάλην ὁδοῦ.

{ΗΛ.}
405   ποῖ δ' ἐμπορεύῃ; τῷ φέρεις τάδ' ἔμπυρα;

{ΧΡ.}
        μήτηρ με πέμπει πατρὶ τυμβεῦσαι χοάς.

{ΗΛ.}
        πῶς εἶπας; ἦ τῷ δυσμενεστάτῳ βροτῶν;

{ΧΡ.}
        ὃν ἔκταν' αὐτή· τοῦτο γὰρ λέξαι θέλεις.

{ΗΛ.}
        ἐκ τοῦ φίλων πεισθεῖσα; τῷ τοῦτ' ἤρεσεν;

{ΧΡ.}
410   ἐκ δείματός του νυκτέρου, δοκεῖν ἐμοί.

{ΗΛ.}
        ὦ θεοὶ πατρῷοι, συγγένεσθέ γ' ἀλλὰ νῦν.

{ΧΡ.}
        ἔχεις τι θάρσος τοῦδε τοῦ τάρβους πέρι;

CRISÓTEMIS
Não te persuadirás e anuirás comigo?

ELECTRA
Não! Não seja eu tão vazia de espírito!

CRISÓTEMIS
Prosseguirei então pela via onde vim.

ELECTRA
405   Aonde vais? A quem levas essa oferta?

CRISÓTEMIS
A mãe me manda libar à tumba do pai.

ELECTRA
Que dizes? Ao mortal mais hostil a ela?

CRISÓTEMIS
A quem ela matou, assim queres dizer.

ELECTRA
Por quem persuadida? Quem opinou?

CRISÓTEMIS
410   Por temor noturno, ao que me parece.

ELECTRA
Ó Deuses pátrios, socorrei-nos agora!

CRISÓTEMIS
Tens algum conforto por este temor?

{ΗΛ.}
    εἴ μοι λέγοις τὴν ὄψιν, εἴποιμ' ἂν τότε.

{ΧΡ.}
    ἀλλ' οὐ κάτοιδα πλὴν ἐπὶ σμικρὸν φράσαι.

{ΗΛ.}
415   λέγ' ἀλλὰ τοῦτο. πολλά τοι σμικροὶ λόγοι
    ἔσφηλαν ἤδη καὶ κατώρθωσαν βροτούς.

{ΧΡ.}
    λόγος τις αὐτήν ἐστιν εἰσιδεῖν πατρὸς
    τοῦ σοῦ τε κἀμοῦ δευτέραν ὁμιλίαν
    ἐλθόντος ἐς φῶς· εἶτα τόνδ' ἐφέστιον
420   πῆξαι λαβόντα σκῆπτρον οὑφόρει ποτὲ
    αὐτός, τανῦν δ' Αἴγισθος· ἐκ δὲ τοῦδ' ἄνω
    βλαστεῖν βρύοντα θαλλόν, ᾧ κατάσκιον
    πᾶσαν γενέσθαι τὴν Μυκηναίων χθόνα.
    τοιαῦτά του παρόντος, ἡνίχ' Ἡλίῳ
425   δείκνυσι τοὔναρ, ἔκλυον ἐξηγουμένου.
    πλείω δὲ τούτων οὐ κάτοιδα, πλὴν ὅτι
    πέμπει μ' ἐκείνη τοῦδε τοῦ φόβου χάριν.
    [πρός νυν θεῶν σε λίσσομαι τῶν ἐγγενῶν
    ἐμοὶ πιθέσθαι μηδ' ἀβουλίᾳ πεσεῖν·
430   εἰ γάρ μ' ἀπώσῃ, σὺν κακῷ μέτει πάλιν.]

{ΗΛ.}
    ἀλλ', ὦ φίλη, τούτων μὲν ὧν ἔχεις χεροῖν
    τύμβῳ προσάψῃς μηδέν· οὐ γάρ σοι θέμις
    οὐδ' ὅσιον ἐχθρᾶς ἀπὸ γυναικὸς ἱστάναι
    κτερίσματ' οὐδὲ λουτρὰ προσφέρειν πατρί·
435   ἀλλ' ἢ πνοαῖσιν ἢ βαθυσκαφεῖ κόνει
    κρύψον νιν, ἔνθα μή ποτ' εἰς εὐνὴν πατρὸς

ELECTRA
  Se me contasses essa visão, eu diria.

CRISÓTEMIS
  Mas não sei dizer senão um pouco.

ELECTRA
415 Conta! Muitas vezes poucas palavras
  já fizeram cair ou erguer os mortais.

CRISÓTEMIS
  Conta-se que em sonho ela avistou
  uma nova visita do teu e meu pai
  vindo à luz e ele tomou e plantou
420 na lareira o cetro que tinha outrora
  ele e hoje Egisto e do cetro brotou
  luxuriante ramo que recobriu toda
  a terra dos micênios com sombras.
  Assim ouvi narrar quem presente
425 quando ela mostra o sonho ao Sol.
  Mais do que isso não sei senão que
  ela me envia por graça desse pavor.
  [Por nossos Deuses nativos te peço
  crer-me e não cair por imprudência.
430 Se me repeles, por mal retornarás.]

ELECTRA
  Irmã, nada do que tens em mãos
  leves ao túmulo, pois não te é lei
  nem lícito de odiosa mulher impor
  oferendas nem levar banho ao pai.
435 Ou aos ventos ou em profundo pó
  esconde isso onde nada disso vá

τούτων πρόσεισι μηδέν· ἀλλ' ὅταν θάνῃ,
κειμήλι' αὐτῇ ταῦτα σῳζέσθω κάτω.
ἀρχὴν δ' ἄν, εἰ μὴ τλημονεστάτη γυνὴ
440 πασῶν ἔβλαστε, τάσδε δυσμενεῖς χοὰς
οὐκ ἄν ποθ' ὅν γ' ἔκτεινε τῷδ' ἐπέστεφε.
σκέψαι γὰρ εἴ σοι προσφιλῶς αὐτῇ δοκεῖ
γέρα τάδ' οὖν τάφοισι δέξεσθαι νέκυς
ὑφ' ἧς θανὼν ἄτιμος ὥστε δυσμενὴς
445 ἐμασχαλίσθη κἀπὶ λουτροῖσιν κάρᾳ
κηλῖδας ἐξέμαξεν. ἆρα μὴ δοκεῖς
λυτήρι' αὐτῇ ταῦτα τοῦ φόνου φέρειν;
οὐκ ἔστιν. ἀλλὰ ταῦτα μὲν μέθες· σὺ δὲ
τεμοῦσα κρατὸς βοστρύχων ἄκρας φόβας
450 κἀμοῦ ταλαίνης, σμικρὰ μὲν τάδ', ἀλλ' ὅμως
ἅχω, δὸς αὐτῷ, τήνδε λιπαρῆ τρίχα
καὶ ζῶμα τοὐμὸν οὐ χλιδαῖς ἠσκημένον.
αἰτοῦ δὲ προσπίτνουσα γῆθεν εὐμενῆ
ἡμῖν ἀρωγὸν αὐτὸν εἰς ἐχθροὺς μολεῖν,
455 καὶ παῖδ' Ὀρέστην ἐξ ὑπερτέρας χερὸς
ἐχθροῖσιν αὐτοῦ ζῶντ' ἐπεμβῆναι ποδί,
ὅπως τὸ λοιπὸν αὐτὸν ἀφνεωτέραις
χερσὶ στέφωμεν ἢ τανῦν δωρούμεθα.
οἶμαι μὲν οὖν, οἶμαί τι κἀκείνῳ μέλειν
460 πέμψαι τάδ' αὐτῇ δυσπρόσοπτ' ὀνείρατα·
ὅμως δ', ἀδελφή, σοί θ' ὑπούργησον τάδε
ἐμοί τ' ἀρωγά, τῷ τε φιλτάτῳ βροτῶν
πάντων, ἐν Ἅιδου κειμένῳ κοινῷ πατρί.

{ΧΟ.}
πρὸς εὐσέβειαν ἡ κόρη λέγει· σὺ δέ,
465 εἰ σωφρονήσεις, ὦ φίλη, δράσεις τάδε.

ao leito do pai, mas morta ela tenha
preservados nos ínferos esses bens.
Se não fosse a mulher mais atrevida
440 de todas, não verteria essas libações
odiosas jamais àquele que ela matou.
Examina se te parece que no sepulcro
o morto receberá benévolo essa oferta
de quem o mutilou morto sem honra
445 qual inimigo e para livrar-se limpou
o cruor na cabeça. Ora, não te parece
não lhe dar isso absolvição da morte?
Não há. Mas deixa disso! Tu, porém,
corta cachos de tua cabeça e da minha,
450 mísera de mim, isto é pouco, é todavia
o que tenho, dá-lhe o cabelo suplicante
e o meu cinto não adornado com luxo!
Pede prostrada que da terra nos venha
benévolo defensor contra os inimigos
455 e o filho Orestes por braço mais forte
vivo aqui ponha o pé sobre os inimigos
para no porvir o coroarmos com mãos
mais opulentas do que nossos dons hoje.
Creio, pois, creio, sim, que ele cuidou
460 e enviar-lhe aquele assombroso sonho.
Todavia, irmã, fornece esta defesa a ti,
a mim e ao mais caro dos mortais todos,
nosso pai comum subjacente em Hades.

CORO

Esta moça fala com reverência. Se tu,
465 amiga, fores prudente, farás isso mesmo.

{ΧΡ.}
δράσω· τὸ γὰρ δίκαιον οὐκ ἔχει λόγον
δυοῖν ἐρίζειν, ἀλλ' ἐπισπεύδειν τὸ δρᾶν.
πειρωμένῃ δὲ τῶνδε τῶν ἔργων ἐμοὶ
σιγὴ παρ' ὑμῶν, πρὸς θεῶν ἔστω, φίλαι·
470 ὡς εἰ τάδ' ἡ τεκοῦσα πεύσεται, πικρὰν
δοκῶ με πεῖραν τήνδε τολμήσειν ἔτι.

CRISÓTEMIS
    Farei, pois a justiça não nos apresenta
    razão de rixa, mas de apressar a ação.
    Enquanto eu me empenho nesta ação,
    amigas, por Deuses, guardai silêncio,
470 porque se a mãe souber disto, amarga
    penso que ainda me será esta ousadia!

{XO.}
{STR.} εἰ μὴ ’γὼ παράφρων μάντις ἔφυν καὶ
γνώμας λειπομένα σοφᾶς,
475 εἶσιν ἁ πρόμαντις
Δίκα, δίκαια φερομένα χεροῖν κράτη·
μέτεισιν, ὦ τέκνον, οὐ μακροῦ χρόνου.
ὕπεστί μοι θάρσος
480 ἁδυπνόων κλύουσαν
ἀρτίως ὀνειράτων.
οὐ γάρ ποτ’ ἀμναστεῖ γ’ ὁ φύ-
σας σ’ Ἑλλάνων ἄναξ,
οὐδ’ ἁ παλαιὰ χαλκόπλη-
485 κτος ἀμφήκης γένυς,
ἅ νιν κατέπεφνεν αἰσχίσταις ἐν αἰκείαις.

{ANT.} ἥξει καὶ πολύπους καὶ πολύχειρ ἁ
490 δεινοῖς κρυπτομένα λόχοις
χαλκόπους Ἐρινύς.
ἄλεκτρ’ ἄνυμφα γὰρ ἐπέβα μιαιφόνων
γάμων ἁμιλλήμαθ’ οἷσιν οὐ θέμις.
495 πρὸ τῶνδέ τοι θάρσος
μήποτε μήποθ’ ἡμῖν
ἀψεγὲς πελᾶν τέρας
τοῖς δρῶσι καὶ συνδρῶσιν. ἤ-
τοι μαντεῖαι βροτῶν
οὐκ εἰσὶν ἐν δεινοῖς ὀνεί-
500 ροις οὐδ’ ἐν θεσφάτοις,
εἰ μὴ τόδε φάσμα νυκτὸς εὖ κατασχήσει.

[PRIMEIRO ESTÁSIMO (472-515)]

CORO

EST. Se não nasci aturdido adivinho
desprovido de hábil saber,
475 há de vir pré-adivinhada
Justiça com justo poder na mão.
Punirá, ó filha, em pouco tempo.
Sustém-me confiança
480 por ouvir suave sopro
desse recente sonho.
Não se esquece jamais
teu pai rei dos helenos,
nem a antiga ênea
485 bigúmea lâmina
que o matou com as
mais indignas afrontas.

ANT. Virá multípede multímana
490 oculta em terríveis ciladas
aquela de êneos pés Erínis.
Sem noivo nem noiva por sanguinárias
núpcias contenda sobrevém aos sem lei.
495 Diante disso confiamos
nunca, nunca, a nosso ver
o prodígio chegar inócuo
aos agentes e aos cúmplices.
A adivinhação de mortais
nem nos terríveis sonhos
500 nem nos oráculos divinos
há, se essa visão noturna

{EPODE.} ὦ Πέλοπος ἁ πρόσθεν
505 πολύπονος ἱππεία,
     ὡς ἔμολες αἰανὴς
     τᾷδε γᾷ.
     εὖτε γὰρ ὁ ποντισθεὶς
     Μυρτίλος ἐκοιμάθη,
510 παγχρύσων δίφρων
     δυστάνοις αἰκείαις
     πρόρριζος ἐκριφθείς,
     οὔ τί πω
     ἔλιπεν ἐκ τοῦδ' οἴκου
515 πολύπονος αἰκεία.

                não alcançar bom porto.
EPO.   Ó prístino galope
505   fatigoso de Pélops,
            que lúgubre vieste
            a esta terra!
            Desde que afogado
            Mírtilo adormeceu
510   arrancado, lançado
            de dourado carro
            por infeliz afronta,
            ainda esta casa
            não se viu livre
515   de fatigosa afronta.

{ΚΛΥΤΑΙΜΗΣΤΡΑ}
    ἀνειμένη μέν, ὡς ἔοικας, αὖ στρέφῃ.
    οὐ γὰρ πάρεστ' Αἴγισθος, ὅς σ' ἐπεῖχ' ἀεὶ
    μή τοι θυραίαν γ' οὖσαν αἰσχύνειν φίλους·
    νῦν δ' ὡς ἄπεστ' ἐκεῖνος, οὐδὲν ἐντρέπῃ
520   ἐμοῦ γε· καίτοι πολλὰ πρὸς πολλούς με δὴ
    ἐξεῖπας ὡς θρασεῖα καὶ πέρα δίκης
    ἄρχω, καθυβρίζουσα καὶ σὲ καὶ τὰ σά.
    ἐγὼ δ' ὕβριν μὲν οὐκ ἔχω, κακῶς δέ σε
    λέγω κακῶς κλύουσα πρὸς σέθεν θαμά.
525   πατὴρ γάρ, οὐδὲν ἄλλο, σοὶ πρόσχημ' ἀεί,
    ὡς ἐξ ἐμοῦ τέθνηκεν. ἐξ ἐμοῦ· καλῶς
    ἔξοιδα· τῶνδ' ἄρνησις οὐκ ἔνεστί μοι.
    ἡ γὰρ Δίκη νιν εἷλεν, οὐκ ἐγὼ μόνη,
    ᾗ χρῆν σ' ἀρήγειν, εἰ φρονοῦσ' ἐτύγχανες.
530   ἐπεὶ πατὴρ οὗτος σός, ὃν θρηνεῖς ἀεί,
    τὴν σὴν ὅμαιμον μοῦνος Ἑλλήνων ἔτλη
    θῦσαι θεοῖσιν, οὐκ ἴσον καμὼν ἐμοὶ
    λύπης, ὅτ' ἔσπειρ', ὥσπερ ἡ τίκτουσ' ἐγώ.
    εἶεν· δίδαξον δή με <τοῦτο>· τοῦ χάριν
535   ἔθυσεν αὐτήν; πότερον Ἀργείων ἐρεῖς;
    ἀλλ' οὐ μετῆν αὐτοῖσι τήν γ' ἐμὴν κτανεῖν.
    ἀλλ' ἀντ' ἀδελφοῦ δῆτα Μενέλεω κτανὼν
    τἄμ' οὐκ ἔμελλε τῶνδέ μοι δώσειν δίκην;
    πότερον ἐκείνῳ παῖδες οὐκ ἦσαν διπλοῖ,
540   οὓς τῆσδε μᾶλλον εἰκὸς ἦν θνῄσκειν, πατρὸς
    καὶ μητρὸς ὄντας, ἧς ὁ πλοῦς ὅδ' ἦν χάριν;
    ἢ τῶν ἐμῶν Ἅιδης τιν' ἵμερον τέκνων
    ἢ τῶν ἐκείνης ἔσχε δαίσασθαι πλέον;

[SEGUNDO EPISÓDIO (516-822)]

CLITEMNESTRA
    Parece que volteias de novo às soltas,
    ausente Egisto, que sempre te impedia
    de estar à porta e envergonhar os teus.
    Agora com ele ausente não te importas
520 comigo, mas muitas vezes ante muitos
    disseste-me atrevida e que sem justiça
    exerço o poder ultrajando-te e aos teus.
    Não sou ultrajante, mas falo mal de ti
    por sempre te ouvir falar mal de mim.
525 O pai, nada mais, tua constante escusa
    de que foi morto por mim. Por mim,
    bem sei, isso não tenho como negar.
    Pois Justiça o matou, não somente eu,
    tu devias apoiá-la, se pensasses bem,
530 porque esse teu pai, que choras sempre,
    único grego ousou sacrificar aos Deuses
    tua irmã, sem que sofresse, ao semeá-la,
    dor igual à que tive quando a dei à luz.
    Seja! Diz-me isto: por que sacrificou?
535 Dirás talvez tu: pela causa dos argivos.
    Mas não lhes cabia matar minha filha.
    Mas ao matar os meus por seu irmão
    Menelau, não devia me pagar justiça?
    Não tinha ele dois filhos, cuja morte
540 seria mais oportuna por serem do pai
    e mãe que era causa desta navegação?
    Ou Hades tinha dos meus filhos mais
    desejo de banquetear-se que dos dela?

ἢ τῷ πανώλει πατρὶ τῶν μὲν ἐξ ἐμοῦ
545 παίδων πόθος παρεῖτο, Μενέλεῳ δ' ἐνῆν;
οὐ ταῦτ' ἀβούλου καὶ κακοῦ γνώμην πατρός;
δοκῶ μέν, εἰ καὶ σῆς δίχα γνώμης λέγω.
φαίη δ' ἂν ἡ θανοῦσά γ', εἰ φωνὴν λάβοι.
ἐγὼ μὲν οὖν οὐκ εἰμὶ τοῖς πεπραγμένοις
550 δύσθυμος· εἰ δὲ σοὶ δοκῶ φρονεῖν κακῶς,
γνώμην δικαίαν σχοῦσα τοὺς πέλας ψέγε.

{ΗΛ.}

ἐρεῖς μὲν οὐχὶ νῦν γέ μ' ὡς ἄρξασά τι
λυπηρὸν εἶτα σοῦ τάδ' ἐξήκουσ' ὕπο·
ἀλλ' ἢν ἐφῇς μοι, τοῦ τεθνηκότος θ' ὕπερ
555 λέξαιμ' ἂν ὀρθῶς τῆς κασιγνήτης θ' ὁμοῦ.

{ΚΛ.}

καὶ μὴν ἐφίημ'· εἰ δέ μ' ὧδ' ἀεὶ λόγους
ἐξῆρχες, οὐκ ἂν ἦσθα λυπηρὰ κλύειν.

{ΗΛ.}

καὶ δὴ λέγω σοι. πατέρα φὴς κτεῖναι. τίς ἂν
τούτου λόγος γένοιτ' ἂν αἰσχίων ἔτι,
560 εἴτ' οὖν δικαίως εἴτε μή; λέξω δέ σοι,
ὡς οὐ δίκῃ γ' ἔκτεινας, ἀλλά σ' ἔσπασεν
πειθὼ κακοῦ πρὸς ἀνδρός, ᾧ τανῦν ξύνει.
ἐροῦ δὲ τὴν κυναγὸν Ἄρτεμιν τίνος
ποινὰς τὰ πολλὰ πνεύματ' ἔσχ' ἐν Αὐλίδι·
565 ἢ 'γὼ φράσω· κείνης γὰρ οὐ θέμις μαθεῖν.
πατὴρ ποθ' οὑμός, ὡς ἐγὼ κλύω, θεᾶς
παίζων κατ' ἄλσος ἐξεκίνησεν ποδοῖν
στικτὸν κεράστην ἔλαφον, οὗ κατὰ σφαγὰς
ἐκκομπάσας ἔπος τι τυγχάνει βαλών.
570 κἀκ τοῦδε μηνίσασα Λητῴα κόρη

Ou no pior pai o amor aos filhos meus
545 se desfez, mas aos de Menelau ficou?
Não são modos de pai relapso e mau?
Assim penso, ainda que não consintas.
Mas a morta aprovaria, se tivesse voz.
Não estou descontente com meus atos,
550 mas se te parece que não penso bem,
tem justa opinião antes de repreender.

ELECTRA
Não dirás agora que, por principiar
algo doloroso, ouvi então isso de ti,
mas se me permites, tanto do morto
555 quanto de minha irmã, diria verdade.

CLITEMNESTRA
Sim, permito. Se tu me interpelasses
sempre assim, não seria triste ouvir.

ELECTRA
Falo então. Dizes que mataste o pai.
Que fala seria ainda mais vil que essa,
560 com justiça ou não? Eu te direi que
não com justiça mataste, mas levou-te
persuasão de varão vil com que vives.
Indaga à caçadora Ártemis por que
punição reteve tanto vento em Áulida.
565 Eu direi, pois não é lícito saber dela.
Meu pai um dia, ao que ouvi, caçando
no bosque da Deusa ao passar move
galhudo cervo malhado e ao matá-lo
acontece que profere ufana palavra.
570 Por isso ressentida a filha de Leto

κατεῖχ' Ἀχαιούς, ἕως πατὴρ ἀντίσταθμον
τοῦ θηρὸς ἐκθύσειε τὴν αὑτοῦ κόρην.
ὧδ' ἦν τὰ κείνης θύματ'· οὐ γὰρ ἦν λύσις
ἄλλη στρατῷ πρὸς οἶκον οὐδ' ἐς Ἴλιον.
575 ἀνθ' ὧν βιασθεὶς πολλὰ τ' ἀντιβὰς μόλις
ἔθυσεν αὑτήν, οὐχὶ Μενέλεω χάριν.
εἰ δ' οὖν, ἐρῶ γὰρ καὶ τὸ σόν, κεῖνον θέλων
ἐπωφελῆσαι ταῦτ' ἔδρα, τούτου θανεῖν
χρῆν αὐτὸν οὕνεκ' ἐκ σέθεν; ποίῳ νόμῳ;
580 ὅρα τιθεῖσα τόνδε τὸν νόμον βροτοῖς
μὴ πῆμα σαυτῇ καὶ μετάγνοιαν τίθης.
εἰ γὰρ κτενοῦμεν ἄλλον ἀντ' ἄλλου, σύ τοι
πρώτη θάνοις ἄν, εἰ δίκης γε τυγχάνοις.
ἀλλ' εἰσόρα μὴ σκῆψιν οὐκ οὖσαν τίθης.
585 εἰ γὰρ θέλεις, δίδαξον ἀνθ' ὅτου τανῦν
αἴσχιστα πάντων ἔργα δρῶσα τυγχάνεις,
ἥτις ξυνεύδεις τῷ παλαμναίῳ, μεθ' οὗ
πατέρα τὸν ἀμὸν πρόσθεν ἐξαπώλεσας,
καὶ παιδοποιεῖς, τοὺς δὲ πρόσθεν εὐσεβεῖς
590 κἀξ εὐσεβῶν βλαστόντας ἐκβαλοῦσ' ἔχεις.
πῶς ταῦτ' ἐπαινέσαιμ' ἄν; ἢ καὶ τοῦτ' ἐρεῖς
ὡς τῆς θυγατρὸς ἀντίποινα λαμβάνεις;
αἰσχρῶς δ', ἐάν περ καὶ λέγῃς· οὐ γὰρ καλὸν
ἐχθροῖς γαμεῖσθαι τῆς θυγατρὸς οὕνεκα.
595 ἀλλ' οὐ γὰρ οὐδὲ νουθετεῖν ἔξεστί σε,
ἣ πᾶσαν ἵης γλῶσσαν ὡς τὴν μητέρα
κακοστομοῦμεν. καί σ' ἔγωγε δεσπότιν
ἢ μητέρ' οὐκ ἔλασσον εἰς ἡμᾶς νέμω,
ἣ ζῶ βίον μοχθηρόν, ἔκ τε σοῦ κακοῖς
600 πολλοῖς ἀεὶ ξυνοῦσα τοῦ τε συννόμου.
ὁ δ' ἄλλος ἔξω, χεῖρα σὴν μόλις φυγών,
τλήμων Ὀρέστης δυστυχῆ τρίβει βίον·
ὃν πολλὰ δή μέ σοι τρέφειν μιάστορα

reteve aqueus até que o pai em paga
da fera sacrificasse a sua própria filha.
Assim foi ela sacrificada. Outra saída
a tropa não teve para casa ou para Ílion.
575 Assim coagido e com muita resistência
ele a sacrificou, não graças a Menelau.
Se então, segundo tu dizes, fizesse isso
para favorecê-lo, por isso deveria ser
morto por ti? De acordo com que lei?
580 Vê que impondo essa lei aos mortais
a ti mesma te imporias dor e remorso.
Se matarmos um pelo outro, tu mesma
morrerias primeiro, se tivesses justiça.
Cuida que tua desculpa não seja nula.
585 Explica-me, se queres, por que agora
tu com a mais vil conduta te conduzes
ao dormires com o facínora com quem
antes massacraste o meu pai e de quem
tens filho, mas antes os legítimos filhos
590 de legítimas núpcias manténs excluídos.
Como eu aprovaria isso? Ou dirás ainda
que recebes assim reparação pela filha?
Mas é vil, ainda que o digas. Não é nobre
desposar os inimigos por causa da filha.
595 Mas não é possível sequer te advertir
a ti que já proclamas altissonante que
difamamos a mãe. Eu deveras te julgo
não menos déspota que mãe para nós,
pois atribulada por ti e por teu parceiro
600 tenho a vida sempre com muitos males.
Alhures outro salvo de tua mão a custo,
Orestes leva mísero a vida de má sorte,
muitas vezes tu me acusaste de o criar

ἐπῃτιάσω· καὶ τόδ', εἴπερ ἔσθενον,
605 ἔδρων ἄν, εὖ τοῦτ' ἴσθι. τοῦδέ γ' οὕνεκα
κήρυσσέ μ' εἰς ἅπαντας, εἴτε χρὴ κακὴν
εἴτε στόμαργον εἴτ' ἀναιδείας πλέαν.
εἰ γὰρ πέφυκα τῶνδε τῶν ἔργων ἴδρις,
σχεδόν τι τὴν σὴν οὐ καταισχύνω φύσιν.

{ΧΟ.}
610 ὁρῶ μένος πνέουσαν· εἰ δὲ σὺν δίκῃ
ξύνεστι, τοῦδε φροντίδ' οὐκέτ' εἰσορῶ.

{ΚΛ.}
ποίας δ' ἐμοὶ δεῖ πρός γε τήνδε φροντίδος,
ἥτις τοιαῦτα τὴν τεκοῦσαν ὕβρισεν,
καὶ ταῦτα τηλικοῦτος; ἆρά σοι δοκεῖ
615 χωρεῖν ἂν ἐς πᾶν ἔργον αἰσχύνης ἄτερ;

{ΗΛ.}
εὖ νῦν ἐπίστω τῶνδέ μ' αἰσχύνην ἔχειν,
κεἰ μὴ δοκῶ σοι· μανθάνω δ' ὁθούνεκα
ἔξωρα πράσσω κοὐκ ἐμοὶ προσεικότα.
ἀλλ' ἡ γὰρ ἐκ σοῦ δυσμένεια καὶ τὰ σὰ
620 ἔργ' ἐξαναγκάζει με ταῦτα δρᾶν βίᾳ·
αἰσχροῖς γὰρ αἰσχρὰ πράγματ' ἐκδιδάσκεται.

{ΚΛ.}
ὦ θρέμμ' ἀναιδές, ἦ σ' ἐγὼ καὶ τἄμ' ἔπη
καὶ τἄργα τἀμὰ πόλλ' ἄγαν λέγειν ποεῖ.

{ΗΛ.}
σύ τοι λέγεις νιν, οὐκ ἐγώ. σὺ γὰρ ποεῖς
625 τοὔργον· τὰ δ' ἔργα τοὺς λόγους εὑρίσκεται.

para vindita contra ti, o que, se pudesse,
605 eu faria, bem o sabe tu. Assim sendo,
proclama perante todos, caso queiras,
que sou maligna atrevida sem vergonha.
Se por natureza sou hábil em tais atos
não deturpo quase nada a tua natureza.

CORO
610 Vejo-a respirar furor, mas se ela está
com justiça, não vejo o cuidado disso.

CLITEMNESTRA
E que cuidado devo eu ter com a filha
que diz tais ultrajes a sua própria mãe,
quando tem essa idade? Não te parece
615 que recorreria a tudo sem pudor algum?

ELECTRA
Bem sabe tu que tenho vergonha disso
ainda que não te pareça. Sei que faço
algo inoportuno e impróprio para mim,
mas a tua malevolência e os teus atos
620 com violência me obrigam agir assim,
pois com despudor se ensina despudor.

CLITEMNESTRA
Ó criatura impudente, minhas palavras
e meus atos te fazemos falar demais!

ELECTRA
Tu o dizes, não eu, pois tu ages assim
625 e as ações encontram por si as palavras.

{ΚΛ.}
    ἀλλ' οὐ μὰ τὴν δέσποιναν Ἄρτεμιν θράσους
    τοῦδ' οὐκ ἀλύξεις, εὖτ' ἂν Αἴγισθος μόλῃ.

{ΗΛ.}
    ὁρᾷς; πρὸς ὀργὴν ἐκφέρῃ, μεθεῖσά με
    λέγειν ἃ χρῄζοιμ', οὐδ' ἐπίστασαι κλύειν.

{ΚΛ.}
630   οὔκουν ἐάσεις οὐδ' ὑπ' εὐφήμου βοῆς
    θῦσαί μ', ἐπειδὴ σοί γ' ἐφῆκα πᾶν λέγειν;

{ΗΛ.}
    ἐῶ, κελεύω, θῦε, μηδ' ἐπαιτιῶ
    τοὐμὸν στόμ'· ὡς οὐκ ἂν πέρα λέξαιμ' ἔτι.

{ΚΛ.}
    ἔπαιρε δὴ σὺ θύμαθ' ἡ παροῦσά μοι
635   πάγκαρπ', ἄνακτι τῷδ' ὅπως λυτηρίους
    εὐχὰς ἀνάσχω δειμάτων, ἃ νῦν ἔχω.
    κλύοις ἂν ἤδη Φοῖβε προστατήριε,
    κεκρυμμένην μου βάξιν. οὐ γὰρ ἐν φίλοις
    ὁ μῦθος, οὐδὲ πᾶν ἀναπτύξαι πρέπει
640   πρὸς φῶς παρούσης τῆσδε πλησίας ἐμοί,
    μὴ σὺν φθόνῳ τε καὶ πολυγλώσσῳ βοῇ
    σπείρῃ ματαίαν βάξιν εἰς πᾶσαν πόλιν.
    ἀλλ' ὧδ' ἄκουε· τῇδε γὰρ κἀγὼ φράσω.
    ἃ γὰρ προσεῖδον νυκτὶ τῇδε φάσματα
645   δισσῶν ὀνείρων, ταῦτά μοι, Λύκει' ἄναξ,
    εἰ μὲν πέφηνεν ἐσθλά, δὸς τελεσφόρα,
    εἰ δ' ἐχθρά, τοῖς ἐχθροῖσιν ἔμπαλιν μέθες·
    καὶ μή με πλούτου τοῦ παρόντος εἴ τινες
    δόλοισι βουλεύουσιν ἐκβαλεῖν, ἐφῇς,

CLITEMNESTRA
　　Pela senhora Ártemis, tanta ousadia
　　não ficará impune quando Egisto vier.

ELECTRA
　　Vês? Tu te enfureces ao me permitires
　　falar o que quisesse. Não sabes ouvir.

CLITEMNESTRA
630　Não me deixarás ao som do silêncio
　　sacrificar após te permitir tudo dizer?

ELECTRA
　　Deixo, suplico, sacrifica! Não culpes
　　minha boca, pois não diria mais nada.

CLITEMNESTRA
　　Ergue tu oferendas, ó minha servente,
635　de todos os frutos, a este rei faço preces
　　libertador dos temores que ora possuo.
　　Poderias atender, ó Febo preservador,
　　minha voz encoberta, não entre amigos
　　estamos, não convém desdobrá-la toda
640　à luz, para que a presente perto de mim
　　com ressentimento e eloquente clamor
　　não semeie frívola voz por toda a urbe.
　　Eia, ouve-me tu tal qual eu te falarei.
　　As visões que esta noite contemplei
645　de sonhos ambíguos, essas, rei lupino,
　　se surgiram boas, dá que se cumpram,
　　se inimigas, leva de volta a inimigos.
　　Se planejam com dolo me expulsar
　　desta presente opulência, repele-os,

650 ἀλλ' ὧδέ μ' αἰεὶ ζῶσαν ἀβλαβεῖ βίῳ
δόμους Ἀτρειδῶν σκῆπτρά τ' ἀμφέπειν τάδε,
φίλοισί τε ξυνοῦσαν οἷς ξύνειμι νῦν,
εὐημεροῦσαν καὶ τέκνων ὅσων ἐμοὶ
δύσνοια μὴ πρόσεστιν ἢ λύπη πικρά.
655 ταῦτ', ὦ Λύκει' Ἄπολλον, ἵλεως κλυὼν
δὸς πᾶσιν ἡμῖν ὥσπερ ἐξαιτούμεθα.
τὰ δ' ἄλλα πάντα καὶ σιωπώσης ἐμοῦ
ἐπαξιῶ σε δαίμον' ὄντ' ἐξειδέναι·
τοὺς ἐκ Διὸς γὰρ εἰκός ἐστι πάνθ' ὁρᾶν.

{ΠΑ.}
660 ξέναι γυναῖκες, πῶς ἂν εἰδείην σαφῶς
εἰ τοῦ τυράννου δώματ' Αἰγίσθου τάδε;

{ΧΟ.}
τάδ' ἐστίν, ὦ ξέν'· αὐτὸς ᾔκασας καλῶς.

{ΠΑ.}
ἦ καὶ δάμαρτα τήνδ' ἐπεικάζων κυρῶ
κείνου; πρέπει γὰρ ὡς τύραννος εἰσορᾶν.

{ΧΟ.}
665 μάλιστα πάντων· ἥδε σοι κείνη πάρα.

{ΠΑ.}
ὦ χαῖρ', ἄνασσα. σοὶ φέρων ἥκω λόγους
ἡδεῖς φίλου παρ' ἀνδρὸς Αἰγίσθῳ θ' ὁμοῦ.

{ΚΛ.}
ἐδεξάμην τὸ ῥηθέν· εἰδέναι δέ σου
πρώτιστα χρῄζω τίς σ' ἀπέστειλεν βροτῶν.

650 mas sempre vivendo vida incólume
ter a casa dos Atridas e este cetro,
com os meus com que já convivo
tranquila e filhos de quem não tenho
pensamento mau nem mágoa amarga.
655 Assim, lupino Apolo, ouve propício
e concede-nos tal como imploramos.
Tudo o mais, ainda que nos calemos,
considero que sabes por seres Nume,
é certo que filhos de Zeus tudo veem.

PRECEPTOR
660 Senhoras, como poderia eu deveras
saber se esta é a casa do rei Egisto?

CORO
Sim, forasteiro, conjecturaste certo.

PRECEPTOR
Ainda acerto se conjecturo ser esta
sua esposa? Parece ser uma rainha.

CORO
665 Certíssimo. Esta diante de ti é ela.

PRECEPTOR
Salve, senhora! Com notícia grata
a ti e a Egisto venho de um amigo.

CLITEMNESTRA
Aceito a palavra e quero primeiro
saber de ti – que mortal te enviou?

{ΠΑ.}
670 Φανοτεὺς ὁ Φωκεύς, πρᾶγμα πορσύνων μέγα.

{ΚΛ.}
τὸ ποῖον, ὦ ξέν'; εἰπέ. παρὰ φίλου γὰρ ὢν
ἀνδρὸς, σάφ' οἶδα, προσφιλεῖς λέξεις λόγους.

{ΠΑ.}
τέθνηκ' Ὀρέστης· ἐν βραχεῖ ξυνθεὶς λέγω.

{ΗΛ.}
οἴ 'γὼ τάλαιν', ὄλωλα τῇδ' ἐν ἡμέρᾳ.

{ΚΛ.}
675 τί φῄς, τί φῄς, ὦ ξεῖνε; μὴ ταύτης κλύε.

{ΠΑ.}
θανόντ' Ὀρέστην νῦν τε καὶ πάλαι λέγω.

{ΗΛ.}
ἀπωλόμην δύστηνος, οὐδέν εἰμ' ἔτι.

{ΚΛ.}
σὺ μὲν τὰ σαυτῆς πρᾶσσ', ἐμοὶ δὲ σύ, ξένε,
τἀληθὲς εἰπέ, τῷ τρόπῳ διόλλυται;

{ΠΑ.}
680 κἀπεμπόμην πρὸς ταῦτα καὶ τὸ πᾶν φράσω.
κεῖνος γὰρ ἐλθὼν εἰς τὸ κλεινὸν Ἑλλάδος
πρόσχημ' ἀγῶνος Δελφικῶν ἄθλων χάριν,
ὅτ' ᾔσθετ' ἀνδρὸς ὀρθίων γηρυμάτων
δρόμον προκηρύξαντος, οὗ πρώτη κρίσις,

PRECEPTOR

670 O fócio Fanoteu com grande nova.

CLITEMNESTRA

Qual, forasteiro? Diz! Se de amigo
vens, sei, dirás uma notícia amável.

PRECEPTOR

Orestes morreu, breve assim o digo.

ELECTRA

Ai de mim, mísera, morri neste dia!

CLITEMNESTRA

675 O quê, o quê, forasteiro? Não a ouças!

PRECEPTOR

Morto Orestes digo agora e há pouco.

ELECTRA

Morri malfadada, eu nada mais sou.

CLITEMNESTRA

Cuida tu de ti mesma! Tu, forasteiro,
diz-me a verdade: como ele morreu?

PRECEPTOR

680 Já que expedido para isso tudo direi.
Ele ao ir ao ínclito adorno dos jogos
da Grécia a fim dos prêmios délficos,
ao ouvir altas vozes do varão núncio
anunciar a corrida na primeira prova,

685 εἰσῆλθε λαμπρός, πᾶσι τοῖς ἐκεῖ σέβας·
δρόμου δ' ἰσώσας τῇ φύσει τὰ τέρματα
νίκης ἔχων ἐξῆλθε πάντιμον γέρας.
χὤπως μὲν ἐν παύροισι πολλά σοι λέγω,
οὐκ οἶδα τοιοῦδ' ἀνδρὸς ἔργα καὶ κράτη·
690 ἓν δ' ἴσθ'· ὅσων γὰρ εἰσεκήρυξαν βραβῆς,
[† δρόμων διαύλων πένταθλ' ἃ νομίζεται, †]
τούτων ἐνεγκὼν πάντα τἀπινίκια
ὠλβίζετ', Ἀργεῖος μὲν ἀνακαλούμενος,
ὄνομα δ' Ὀρέστης, τοῦ τὸ κλεινὸν Ἑλλάδος
695 Ἀγαμέμνονος στράτευμ' ἀγείραντός ποτε.
καὶ ταῦτα μὲν τοιαῦθ'· ὅταν δέ τις θεῶν
βλάπτῃ, δύναιτ' ἂν οὐδ' ἂν ἰσχύων φυγεῖν.
κεῖνος γὰρ ἄλλης ἡμέρας, ὅθ' ἱππικῶν
ἦν ἡλίου τέλλοντος ὠκύπους ἀγών,
700 εἰσῆλθε πολλῶν ἁρματηλατῶν μέτα.
εἷς ἦν Ἀχαιός, εἷς ἀπὸ Σπάρτης, δύο
Λίβυες ζυγωτῶν ἁρμάτων ἐπιστάται·
κἀκεῖνος ἐν τούτοισι Θεσσαλὰς ἔχων
ἵππους, ὁ πέμπτος· ἕκτος ἐξ Αἰτωλίας
705 ξανθαῖσι πώλοις· ἕβδομος Μάγνης ἀνήρ·
ὁ δ' ὄγδοος λεύκιππος, Αἰνιὰν γένος·
ἔνατος Ἀθηνῶν τῶν θεοδμήτων ἄπο·
Βοιωτὸς ἄλλος, δέκατον ἐκπληρῶν ὄχον.
στάντες δ' ὅθ' αὐτοὺς οἱ τεταγμένοι βραβῆς
710 κλήροις ἔπηλαν καὶ κατέστησαν δίφρους,
χαλκῆς ὑπαὶ σάλπιγγος ᾖξαν· οἱ δ' ἅμα
ἵπποις ὁμοκλήσαντες ἡνίας χεροῖν
ἔσεισαν· ἐν δὲ πᾶς ἐμεστώθη δρόμος
κτύπου κροτητῶν ἁρμάτων· κόνις δ' ἄνω
715 φορεῖθ'· ὁμοῦ δὲ πάντες ἀναμεμειγμένοι
φείδοντο κέντρων οὐδέν, ὡς ὑπερβάλοι
χνόας τις αὐτῶν καὶ φρυάγμαθ' ἱππικά.

685 entrou radiante e admirado por todos.
Igualado ao porte o termo da corrida,
obteve o honroso privilégio da vitória.
Para te dizer tudo em poucas palavras,
não sei de igual varão feitos e glória,
690 vede só: das provas todas anunciadas,
[corridas duplas, habituais pentatlos,]
todas as vitórias nessas ele arrebatou,
prosperava, sendo proclamado argivo
de nome Orestes, filho de Agamêmnon
695 outrora chefe de ínclita tropa da Grécia.
Tais eram essas, mas quando um Deus
quer ferir, nem o forte poderia escapar.
No outro dia, ao nascer do Sol, quando
era o jogo veloz da corrida de carros,
700 ele participou com muitos condutores.
Havia um aqueu, um espartano, dois
líbios dirigentes de carros atrelados.
Ele entre eles era o quinto, com éguas
tessálias; o sexto era etólio, com potras
705 castanhas; sétimo, vindo de Magnésia;
o oitavo, com alvos corcéis, de Ênia;
o nono, de Atenas morada dos Deuses;
e um beócio, completando dez carros.
A postos onde os designados juízes
710 feito o sorteio dispuseram os carros,
ao ressoar o êneo salpinge, partiram,
e incitando cavalos agitam nas mãos
as rédeas, todo o hipódromo repleto
de estrépitos dos carros estrondosos,
715 poeira subia e todos juntos misturados
sem poupar vara para ultrapassagem
de eixos alheios e relinchos equinos.

ὁμοῦ γὰρ ἀμφὶ νῶτα καὶ τροχῶν βάσεις
ἤφριζον, εἰσέβαλλον ἱππικαὶ πνοαί.
720 κεῖνος δ᾽ ὑπ᾽ αὐτὴν ἐσχάτην στήλην ἔχων
ἔχριμπτ᾽ ἀεὶ σύριγγα, δεξιὸν δ᾽ ἀνεὶς
σειραῖον ἵππον εἶργε τὸν προσκείμενον.
καὶ πρὶν μὲν ὀρθοὶ πάντες ἔστασαν δίφροις·
ἔπειτα δ᾽ Αἰνιᾶνος ἀνδρὸς ἄστομοι
725 πῶλοι βίᾳ φέρουσιν, ἐκ δ᾽ ὑποστροφῆς
τελοῦντες ἕκτον ἕβδομόν τ᾽ ἤδη δρόμον
μέτωπα συμπαίουσι Βαρκαίοις ὄχοις·
κἀντεῦθεν ἄλλος ἄλλον ἐξ ἑνὸς κακοῦ
ἔθραυε κἀνέπιπτε, πᾶν δ᾽ ἐπίμπλατο
730 ναυαγίων Κρισαῖον ἱππικῶν πέδον.
γνοὺς δ᾽ οὑξ Ἀθηνῶν δεινὸς ἡνιοστρόφος
ἔξω παρασπᾷ κἀνοκωχεύει παρεὶς
κλύδων᾽ ἔφιππον ἐν μέσῳ κυκώμενον.
ἤλαυνε δ᾽ ἔσχατος μέν, ὑστέρας ἔχων
735 πώλους, Ὀρέστης, τῷ τέλει πίστιν φέρων·
ὅπως δ᾽ ὁρᾷ μόνον νιν ἐλλελειμμένον,
ὀξὺν δι᾽ ὤτων κέλαδον ἐνσείσας θοαῖς
πώλοις διώκει, κἀξισώσαντε ζυγὰ
ἠλαυνέτην, τότ᾽ ἄλλος, ἄλλοθ᾽ ἅτερος
740 κάρα προβάλλων ἱππικῶν ὀχημάτων.
καὶ τοὺς μὲν ἄλλους πάντας ἀσφαλὴς δρόμους
ὠρθοῦθ᾽ ὁ τλήμων ὀρθὸς ἐξ ὀρθῶν δίφρων·
ἔπειτα λύων ἡνίαν ἀριστερὰν
κάμπτοντος ἵππου λανθάνει στήλην ἄκραν
745 παίσας· ἔθραυσε δ᾽ ἄξονος μέσας χνόας,
κἀξ ἀντύγων ὤλισθε· σὺν δ᾽ ἑλίσσεται
τμητοῖς ἱμᾶσι· τοῦ δὲ πίπτοντος πέδῳ
πῶλοι διεσπάρησαν ἐς μέσον δρόμον.
στρατὸς δ᾽ ὅπως ὁρᾷ νιν ἐκπεπτωκότα
750 δίφρων, ἀνωλόλυξε τὸν νεανίαν,

Junto às costas e ao passo das rodas
espumavam, lançavam sopro equino.
720 Ele ao pé da extrema estela da pista
sempre roçava o eixo, soltava a égua
à direita e retinha a atrelada ao lado.
Antes tudo estava correto nos carros,
depois, porém, sem controle as potras
725 do varão eniano disparam e no retorno
completada a sexta volta e já na sétima
colidem a fronte com carros de Barce.
Por isso, de uma só vez, um ao outro
destroçam e reviram e toda a planície
730 de Crisa naufrágios hípicos obstruíam.
Mas hábil o cocheiro de Atenas viu,
puxou de lado e reteve, dando a vez
no meio ao turvo vagalhão equestre.
Orestes conduzia por dentro, atrás,
735 com as potras, confiando no final,
e quando o vê único remanescente,
com agudos gritos nas orelhas das
ágeis potras, persegue-o, e igualando
os jugos, conduzem, ora um ora outro
740 adiantando a cabeça do carro equestre.
Inabalável em todas as outras voltas
o persistente dirigia reto o reto carro,
depois, ao relaxar a rédea esquerda
com o corcel na curva, inadvertido
745 colide com a estela e quebra o eixo
no meio, rola do gradil e se enrosca
nas talhadas rédeas e caído no chão
as éguas se dispersaram na corrida.
O povo, quando o vê tombado fora
750 do carro, ergueu pranto pelo moço.

οἷ' ἔργα δράσας οἷα λαγχάνει κακά,
φορούμενος πρὸς οὖδας, ἄλλοτ' οὐρανῷ
σκέλη προφαίνων, ἔστε νιν διφρηλάται,
μόλις κατασχεθόντες ἱππικὸν δρόμον,
755 ἔλυσαν αἱματηρόν, ὥστε μηδένα
γνῶναι φίλων ἰδόντ' ἂν ἄθλιον δέμας.
καί νιν πυρᾷ κέαντες εὐθὺς ἐν βραχεῖ
χαλκῷ μέγιστον σῶμα δειλαίας σποδοῦ
φέρουσιν ἄνδρες Φωκέων τεταγμένοι,
760 ὅπως πατρῴας τύμβον ἐκλάχῃ χθονός.
τοιαῦτά σοι ταῦτ' ἐστίν, ὡς μὲν ἐν λόγοις
ἀλγεινά, τοῖς δ' ἰδοῦσιν, οἵπερ εἴδομεν,
μέγιστα πάντων ὧν ὄπωπ' ἐγὼ κακῶν.

{ΧΟ.}
φεῦ φεῦ· τὸ πᾶν δὴ δεσπόταισι τοῖς πάλαι
765 πρόρριζον, ὡς ἔοικεν, ἔφθαρται γένος.

{ΚΛ.}
ὦ Ζεῦ, τί ταῦτα, πότερον εὐτυχῆ λέγω,
ἢ δεινὰ μέν, κέρδη δέ; λυπηρῶς δ' ἔχει,
εἰ τοῖς ἐμαυτῆς τὸν βίον σῴζω κακοῖς.

{ΠΑ.}
Τί δ' ὧδ' ἀθυμεῖς, ὦ γύναι, τῷ νῦν λόγῳ;

{ΚΛ.}
770 δεινὸν τὸ τίκτειν ἐστίν· οὐδὲ γὰρ κακῶς
πάσχοντι μῖσος ὧν τέκῃ προσγίγνεται.

{ΠΑ.}
μάτην ἄρ' ἡμεῖς, ὡς ἔοικεν, ἥκομεν.

Feitos tais feitos, obtidos tais males,
arrastado pelo chão, ora a mostrar
pernas para o céu, até que cocheiros
refreando a custo a corrida equestre
755 o livram tão sangrento que nenhum
dos amigos o reconheceria ao vê-lo.
Tão logo cremado na pira, em breve
bronze corpo máximo de mísero pó,
os designados varões fócios o trazem
760 para que tenha túmulo na terra pátria.
Tais tens os fatos como nas palavras
dolorosos, e aos que viram, e vimos,
os maiores males de todos que vi.

CORO

Pheû pheû! Tudo dos antigos senhores
765 parece extirpado, está extinta a família.

CLITEMNESTRA

Ó Zeus, que digo ser isso? Boa sorte,
ou terrível, mas proveitoso? É triste,
se com meus males conservo a vida.

PRECEPTOR

Mulher, que te inquieta nesta notícia?

CLITEMNESTRA

770 Terrível é gerar, nem por maus-tratos
sobrevém o ódio contra quem é filho.

PRECEPTOR

Ora, ao que parece, viemos em vão.

{ΚΛ.}
    οὔτοι μάτην γε. πῶς γὰρ ἂν μάτην λέγοις;
    εἴ μοι θανόντος πίστ' ἔχων τεκμήρια
775 προσῆλθες, ὅστις τῆς ἐμῆς ψυχῆς γεγώς,
    μαστῶν ἀποστὰς καὶ τροφῆς ἐμῆς, φυγὰς
    ἀπεξενοῦτο· καί μ', ἐπεὶ τῆσδε χθονὸς
    ἐξῆλθεν, οὐκέτ' εἶδεν· ἐγκαλῶν δέ μοι
    φόνους πατρῴους δείν' ἐπηπείλει τελεῖν·
780 ὥστ' οὔτε νυκτὸς ὕπνον οὔτ' ἐξ ἡμέρας
    ἐμὲ στεγάζειν ἡδύν, ἀλλ' ὁ προστατῶν
    χρόνος διῆγέ μ' αἰὲν ὡς θανουμένην.
    νῦν δ' – ἡμέρᾳ γὰρ τῇδ' ἀπηλλάγην φόβου
    πρὸς τῆσδ' ἐκείνου θ'· ἥδε γὰρ μείζων βλάβη
785 ξύνοικος ἦν μοι, τοὐμὸν ἐκπίνουσ' ἀεὶ
    ψυχῆς ἄκρατον αἷμα – νῦν δ' ἕκηλά που
    τῶν τῆσδ' ἀπειλῶν οὕνεχ' ἡμερεύσομεν.

{ΗΛ.}
    οἴμοι τάλαινα· νῦν γὰρ οἰμῶξαι πάρα,
    Ὀρέστα, τὴν σὴν ξυμφοράν, ὅθ' ὧδ' ἔχων
790 πρὸς τῆσδ' ὑβρίζῃ μητρός. ἆρ' ἔχει καλῶς;

{ΚΛ.}
    οὔτοι σύ· κεῖνος δ' ὡς ἔχει, καλῶς ἔχει.

{ΗΛ.}
    ἄκουε, Νέμεσι τοῦ θανόντος ἀρτίως.

{ΚΛ.}
    ἤκουσεν ὧν δεῖ κἀπεκύρωσεν καλῶς.

CLITEMNESTRA
   Não em vão! Como dirias em vão,
   se me vieste com provas fidedignas
775 de morto quem filho de minha vida
   negou meus seios e cuidados, fugiu
   e exilou-se? Desde que desta terra
   saiu, não me viu mais, e acusando-me
   da morte do pai, fez ameaças terríveis,
780 que nem de noite nem de dia o suave
   sono me envolve, mas o tempo vindo
   sempre me corre como para a morte.
   Mas agora, hoje me livrei do pavor
   desta e daquele, esta era maior mal
785 em casa comigo, sempre me sugando
   o sangue da vida, mas agora decerto
   de suas ameaças terei dias tranquilos.

ELECTRA
   Oímoi, mísera! Agora posso chorar,
   Orestes, teu infortúnio, quando assim
790 a mãe te ultraja. Ora, não estou bem?

CLITEMNESTRA
   Tu não, mas ele está bem como está.

ELECTRA
   Ouve, ó Vindita deste morto recente!

CLITEMNESTRA
   Ouviu a quem devia e bem decretou.

{ΗΛ.}
ὕβριζε· νῦν γὰρ εὐτυχοῦσα τυγχάνεις.

{ΚΛ.}
795 οὔκουν Ὀρέστης καὶ σὺ παύσετον τάδε;

{ΗΛ.}
πεπαύμεθ᾽ ἡμεῖς, οὐχ ὅπως σὲ παύσομεν.

{ΚΛ.}
πολλῶν ἂν ἥκοις, ὦ ξέν᾽, ἄξιος φίλοο,
εἰ τήνδ᾽ ἔπαυσας τῆς πολυγλώσσου βοῆς.

{ΠΑ.}
οὔκουν ἀποστείχοιμ᾽ ἄν, εἰ τάδ᾽ εὖ κυρεῖ;

{ΚΛ.}
800 ἥκιστ᾽· ἐπείπερ οὔτ᾽ ἐμοῦ καταξί᾽ ἂν
πράξειας οὔτε τοῦ πορεύσαντος ξένου.
ἀλλ᾽ εἴσιθ᾽ εἴσω· τήνδε δ᾽ ἔκτοθεν βοᾶν
ἔα τά θ᾽ αὑτῆς καὶ τὰ τῶν φίλων κακά.

{ΗΛ.}
ἆρ᾽ ὑμίν ὡς ἀλγοῦσα κὠδυνωμένη
805 δεινῶς δακρῦσαι κἀπικωκῦσαι δοκεῖ
τὸν υἱὸν ἡ δύστηνος ὧδ᾽ ὀλωλότα;
ἀλλ᾽ ἐγγελῶσα φροῦδος. ὦ τάλαιν᾽ ἐγώ·
Ὀρέστα φίλταθ᾽, ὥς μ᾽ ἀπώλεσας θανών.
ἀποσπάσας γὰρ τῆς ἐμῆς οἴχῃ φρενὸς
810 αἵ μοι μόναι παρῆσαν ἐλπίδων ἔτι,
σὲ πατρὸς ἥξειν ζῶντα τιμωρόν ποτε
κἀμοῦ ταλαίνης. νῦν δὲ ποῖ με χρὴ μολεῖν;

ELECTRA
Comete ultrajes, agora tens boa sorte.

CLITEMNESTRA
795   Orestes e tu não cessareis ambos isso?

ELECTRA
Fomos cessados sem como te cessar.

CLITEMNESTRA
Virias, ó forasteiro, meritório e caro
se dela cessaste o eloquente clamor.

PRECEPTOR
Posso ir-me, pois, se assim está bem?

CLITEMNESTRA
800   De modo algum, porque seria indigno
de mim e do hóspede que te enviou,
mas entra em casa! Deixa que fora
ela grite os males seus e os dos seus.

ELECTRA
Parece-vos que sofrida e padecida
805   ela pranteia e lamenta com aflição,
mísera, o filho desse modo perdido?
Mas ela rindo se foi. Pobre de mim,
Orestes caríssimo, morto me matas!
Tu te vais arrancando de meu ânimo
810   as únicas esperanças ainda presentes
de vivo vires um dia vingar o pai
e a mim, mísera. Agora aonde ir,

>   μόνη γάρ εἰμι, σοῦ τ' ἀπεστερημένη
>   καὶ πατρός. ἤδη δεῖ με δουλεύειν πάλιν
> 815 ἐν τοῖσιν ἐχθίστοισιν ἀνθρώπων ἐμοί,
>   φονεῦσι πατρός. ἆρά μοι καλῶς ἔχει;
>   ἀλλ' οὔ τι μὴν ἔγωγε τοῦ λοιποῦ χρόνου
>   ἔσομαι ξύνοικος, ἀλλὰ τῇδε πρὸς πύλῃ
>   παρεῖσ' ἐμαυτὴν ἄφιλος αὐανῶ βίον.
> 820 πρὸς ταῦτα καινέτω τις, εἰ βαρύνεται,
>   τῶν ἔνδον ὄντων· ὡς χάρις μέν, ἢν κτάνῃ,
>   λύπη δ', ἐὰν ζῶ· τοῦ βίου δ' οὐδεὶς πόθος.

pois estou a sós, espoliada de ti
e do pai. Já devo outra vez servir
815　entre os mais odiosos para mim,
sicários do pai. Assim está bem?
Mas não mesmo! Eu não estarei
doravante com eles, nesta porta
sem os meus deixo-me definhar.
820　Ante isso, mate-me, se agravado,
alguém da casa! Graça, se matar;
dor, se eu viver. Nem viver desejo.

{XO.}
{STR. 1.} ποῦ ποτε κεραυνοὶ Διός, ἢ ποῦ
φαέθων Ἅλιος, εἰ ταῦτ' ἐφορῶντες
825 κρύπτουσιν ἕκηλοι;

{ΗΛ.}
ἒ ἔ, αἰαῖ.

{XO.}
ὦ παῖ, τί δακρύεις;

{ΗΛ.}
830 φεῦ.

{XO.}
Μηδὲν μέγ' ἀύσῃς.

{ΗΛ.}
ἀπολεῖς.

{XO.}
πῶς;

{ΗΛ.}
εἰ τῶν φανερῶς οἰχομένων
835 εἰς Ἀίδαν ἐλπίδ' ὑποίσεις, κατ' ἐμοῦ τακομένας
μᾶλλον ἐπεμβάσῃ.

[KOMMÓS (823-870)]

CORO
EST. 1   Onde afinal os raios de Zeus,
       onde fúlgido Sol, se vigilantes
825   escondem isso tranquilos?

ELECTRA
    É é, *aiaî*.

CORO
    Ó filha, por que choras?

ELECTRA
830   *Pheû!*

CORO
    Não grites.

ELECTRA
              Matarás.

CORO
                    Como?

ELECTRA
    Se nos claramente finados
835   de Hades tiveres esperanças,
    mais pisarás em meu luto.

{ΧΟ.}
{ΑΝΤ. 1.} οἶδα γὰρ ἄνακτ' Ἀμφιάρεων χρυ-
σοδέτοις ἕρκεσι κρυφθέντα γυναικῶν
καὶ νῦν ὑπὸ γαίας –

{ΗΛ.}
840   ἔ ἔ, ἰώ.

{ΧΟ.}
    πάμψυχος ἀνάσσει.

{ΗΛ.}
    φεῦ.

{ΧΟ.}
        φεῦ δῆτ'· ὀλοὰ γὰρ –

{ΗΛ.}
                δάμαρ ἦν.

{ΧΟ.}
                    ναί.

{ΗΛ.}
    οἶδ' οἶδ'· ἐφάνη γὰρ μελέτωρ
    ἀμφὶ τὸν ἐν πένθει· ἐμοὶ δ' οὔτις ἔτ' ἔσθ'· ὃς γὰρ ἔτ' ἦν,
    φροῦδος ἀναρπασθείς.

{ΧΟ.}
{STR. 2.} δειλαία δειλαίων κυρεῖς.

CORO
ANT. 1 Sei que o rei Anfiarau
por áureo colar de mulher
sepulto e agora sob a terra...

ELECTRA
840   *É é, ió.*

CORO
        ... reina cheio de vida.

ELECTRA
        Pheû.

CORO
                Pheû, funesta...

ELECTRA
                        ...esposa.

CORO
                                Sim!

ELECTRA
        Sei, sei, pois surgiu quem vingasse
        o imerso em dor, mas não há mais
        para mim, quem havia se foi levado.

CORO
EST.2   Triste tens tristezas.

{ΗΛ.}
850 κἀγὼ τοῦδ᾽ ἴστωρ, ὑπερίστωρ,
     πανσύρτῳ παμμήνῳ πολλῶν
     δεινῶν στυγνῶν τ᾽ αἰῶνι.

{ΧΟ.}
     εἴδομεν ἃ θροεῖς.

{ΗΛ.}
     μή μέ νυν μηκέτι
     παραγάγῃς, ἵν᾽ οὐ –

{ΧΟ.}
                    τί φῄς;

{ΗΛ.}
     πάρεισιν ἐλπίδων ἔτι κοινοτόκων
     εὐπατριδᾶν τ᾽ ἀρωγαί.

{ΧΟ.}
{ΑΝΤ. 2.} πᾶσι θνατοῖς ἔφυ μόρος.

{ΗΛ.}
     ἦ καὶ χαλάργοις ἐν ἁμίλλαις 861
     οὕτως, ὡς κείνῳ δυστάνῳ,
     τμητοῖς ὁλκοῖς ἐγκῦρσαι;

{ΧΟ.}
     ἄσκοπος ἁ λώβα.

{ΗΛ.}
865 πῶς γὰρ οὔκ; εἰ ξένος

ELECTRA

850 Disso estou ciente, muito ciente,
com a vida perenemente varrida
por muitos e horrendos terrores.

CORO

Sabemos do que falas.

ELECTRA

Não mais me seduzas
se não há mais...

CORO

...que dizes?

ELECTRA

... mais apoio de esperanças
de irmão nato de nobre pai.

CORO
ANT.2 Os mortais todos têm morte.

ELECTRA

861 E em concurso de corcéis
tal como aquele infeliz
encontrar rédeas cortantes?

CORO

Imprevisível opróbrio!

ELECTRA

865 Como não? Se forasteiro

ἄτερ ἐμᾶν χερῶν –

{ΧΟ.}
πα παῖ.

{ΗΛ.}
κέκευθεν, οὔτε του τάφου ἀντιάσας
870 ὔτε γόων παρ' ἡμῶν.

sem minhas mãos...

CORO

...papaî!

ELECTRA

...está oculto sem funerais
870   nem lamentos de nossa parte.

{ΧΡ.}
    ὑφ' ἡδονῆς τοι, φιλτάτη, διώκομαι
    τὸ κόσμιον μεθεῖσα σὺν τάχει μολεῖν·
    φέρω γὰρ ἡδονάς τε κἀνάπαυλαν ὧν
    πάροιθεν εἶχες καὶ κατέστενες κακῶν.

{ΗΛ.}
875 πόθεν δ' ἂν εὕροις τῶν ἐμῶν σὺ πημάτων
    ἄρηξιν, οἷς ἴασιν οὐκ ἔνεστ' ἔτι;

{ΧΡ.}
    πάρεστ' Ὀρέστης ἡμίν, ἴσθι τοῦτ' ἐμοῦ
    κλύουσ', ἐναργῶς, ὥσπερ εἰσορᾷς ἐμέ.

{ΗΛ.}
    ἀλλ' ἦ μέμηνας, ὦ τάλαινα, κἀπὶ τοῖς
880 σαυτῆς κακοῖσι κἀπὶ τοῖς ἐμοῖς γελᾷς;

{ΧΡ.}
    μὰ τὴν πατρῴαν ἑστίαν, ἀλλ' οὐχ ὕβρει
    λέγω τάδ', ἀλλ' ἐκεῖνον ὡς παρόντα νῷν.

{ΗΛ.}
    οἴμοι τάλαινα· καὶ τίνος βροτῶν λόγον
    τόνδ' εἰσακούσασ' ὧδε πιστεύεις ἄγαν;

{ΧΡ.}
885 ἐγὼ μὲν ἐξ ἐμοῦ τε κοὐκ ἄλλου σαφῆ

[TERCEIRO EPISÓDIO (871-1057)]

CRISÓTEMIS
    Propelida pela alegria, ó caríssima,
    esqueci o decoro para vir depressa,
    trago alegria e repouso dos males
    que antes suportavas e pranteavas.

ELECTRA
875   Onde terias tu descoberto socorro
    às minhas dores não mais curáveis?

CRISÓTEMIS
    Orestes está conosco, ouve-me isto
    e sabe-o claro tal como tu me vês.

ELECTRA
    Mas estás louca, ó mísera, e te ris
880   de teus próprios males e dos meus?

CRISÓTEMIS
    Pelo altar paterno! Não por ultraje
    digo isto, mas nós o temos presente.

ELECTRA
    Oímoi, mísera! De quem ouviste
    essa notícia em que tanto confias?

CRISÓTEMIS
885   Não ouvi de outrem, eu mesma vi

σημεῖ' ἰδοῦσα τῷδε πιστεύω λόγῳ.

{ΗΛ.}
τίν᾽, ὦ τάλαιν᾽, ἰδοῦσα πίστιν; ἐς τί μοι
βλέψασα θάλπῃ τῷδ᾽ ἀνηφαίστῳ πυρί;

{ΧΡ.}
πρός νυν θεῶν ἄκουσον, ὡς μαθοῦσά μου
890 τὸ λοιπὸν ἢ φρονοῦσαν ἢ μώραν λέγῃς.

{ΗΛ.}
σὺ δ᾽ οὖν λέγ᾽, εἴ σοι τῷ λόγῳ τις ἡδονή.

{ΧΡ.}
καὶ δὴ λέγω σοι πᾶν ὅσον κατειδόμην.
ἐπεὶ γὰρ ἦλθον πατρὸς ἀρχαῖον τάφον,
ὁρῶ κολώνης ἐξ ἄκρας νεορρύτους
895 πηγὰς γάλακτος καὶ περιστεφῆ κύκλῳ
πάντων ὅσ᾽ ἔστιν ἀνθέων θήκην πατρός.
ἰδοῦσα δ᾽ ἔσχον θαῦμα, καὶ περισκοπῶ
μή πού τις ἡμῖν ἐγγὺς ἐγχρίμπτει βροτῶν.
ὡς δ᾽ ἐν γαλήνῃ πάντ᾽ ἐδερκόμην τόπον,
900 τύμβου προσεῖρπον ἆσσον· ἐσχάτης δ᾽ ὁρῶ
πυρᾶς νεώρη βόστρυχον τετμημένον·
κεὐθὺς τάλαιν᾽ ὡς εἶδον, ἐμπαίει τί μοι
ψυχῇ σύνηθες ὄμμα, φιλτάτου βροτῶν
πάντων Ὀρέστου τοῦθ᾽ ὁρᾶν τεκμήριον·
905 καὶ χερσὶ βαστάσασα δυσφημῶ μὲν οὔ,
χαρᾷ δὲ πίμπλημ᾽ εὐθὺς ὄμμα δακρύων.
καὶ νῦν θ᾽ ὁμοίως καὶ τότ᾽ ἐξεπίσταμαι
μή του τόδ᾽ ἀγλάισμα πλὴν κείνου μολεῖν.
τῷ γὰρ προσήκει πλὴν γ᾽ ἐμοῦ καὶ σοῦ τόδε;
910 κἀγὼ μὲν οὐκ ἔδρασα, τοῦτ᾽ ἐπίσταμαι,

claros sinais e nesta notícia confio.

ELECTRA
Que indício viste, mísera? Que viste
que ardes com esse fogo sem Hefesto?

CRISÓTEMIS
Por Deuses, ouve e quando souberes
890 o restante, diz-me prudente ou néscia.

ELECTRA
Diz tu, pois, se tens prazer em falar.

CRISÓTEMIS
Pois bem, já te digo tudo quanto vi.
Quando fui ao antigo túmulo do pai,
vejo no alto do monte recém-vertidas
895 fontes de leite e no contorno coroado
de todas as flores o sepulcro do pai.
Ao ver, espantei-me e olho ao redor
se algum mortal me seguia de perto.
Quando vi todo o lugar em calmaria,
900 aproximei-me da tumba e na ponta
da pira vejo recém-cortados cabelos.
Tão logo vi, pobre de mim, surge-me
à mente a visão habitual do mais caro
dos mortais todos, Orestes, eis o fato!
905 Ao ter nas mãos, não digo mau agouro,
logo me encho de alegria com lágrimas.
Agora como naquele instante bem sei
que esta oferenda não veio senão dele.
A quem pertence isto senão a ti e a mim?
910 Eu não o fiz, isto eu sei, aliás nem tu,

οὐδ' αὖ σύ· πῶς γάρ; ᾗ γε μηδὲ πρὸς θεοὺς
ἔξεστ' ἀκλαύτῳ τῆσδ' ἀποστῆναι στέγης.
ἀλλ' οὐδὲ μὲν δὴ μητρὸς οὔθ' ὁ νοῦς φιλεῖ
τοιαῦτα πράσσειν οὔτε δρῶσ' ἐλάνθαν' ἄν·
915   ἀλλ' ἔστ' Ὀρέστου ταῦτα τἀπιτύμβια.
ἀλλ', ὦ φίλη, θάρσυνε. τοῖς αὐτοῖσί τοι
οὐχ αὑτὸς αἰεὶ δαιμόνων παραστατεῖ.
νῷν δ' ἦν ὁ πρόσθε στυγνός· ἡ δὲ νῦν ἴσως
πολλῶν ὑπάρξει κῦρος ἡμέρα καλῶν.

{ΗΛ.}
920   φεῦ, τῆς ἀνοίας ὥς σ' ἐποικτίρω πάλαι.

{ΧΡ.}
τί δ' ἔστιν; οὐ πρὸς ἡδονὴν λέγω τάδε;

{ΗΛ.}
οὐκ οἶσθ' ὅποι γῆς οὐδ' ὅποι γνώμης φέρῃ.

{ΧΡ.}
πῶς δ' οὐκ ἐγὼ κάτοιδ' ἅ γ' εἶδον ἐμφανῶς;

{ΗΛ.}
τέθνηκεν, ὦ τάλαινα· τἀκ κείνου δέ σοι
925   σωτήρι' ἔρρει· μηδὲν ἐς κεῖνόν γ' ὅρα.

{ΧΡ.}
οἴμοι τάλαινα· τοῦ τάδ' ἤκουσας βροτῶν;

{ΗΛ.}
τοῦ πλησίον παρόντος, ἡνίκ' ὤλλυτο.

como o farias? Nem para ir aos Deuses
podes impune te afastar deste domicílio.
Nem ainda a índole de nossa mãe tende
a agir assim, nem despercebida agiria,
915 mas são de Orestes as ofertas tumulares.
Ó minha irmã, anima-te! Não assiste
aos mesmos sempre o mesmo Nume.
Tivemos antes o hórrido, talvez hoje
o dia possa nos outorgar muitos bens.

ELECTRA
920 *Pheû*, como me apiedo de tua tolice!

CRISÓTEMIS
O que é? Não falo para tua alegria?

ELECTRA
Não sabes onde estás nem onde vais.

CRISÓTEMIS
Como eu não sei o que vi bem visível?

ELECTRA
Está morto, ó mísera! A salvação dele
925 se perdeu. Não te voltes mais para ele.

CRISÓTEMIS
Oímoi, mísera! De que mortal ouviste?

ELECTRA
De quem esteve presente à sua morte.

{ΧΡ.}
        καὶ ποῦ 'στιν οὗτος; θαῦμά τοί μ' ὑπέρχεται.

{ΗΛ.}
        κατ' οἶκον, ἡδὺς οὐδὲ μητρὶ δυσχερής.

{ΧΡ.}
930   οἴμοι τάλαινα· τοῦ γὰρ ἀνθρώπων ποτ' ἦν
        τὰ πολλὰ πατρὸς πρὸς τάφον κτερίσματα;

{ΗΛ.}
        οἶμαι μάλιστ' ἔγωγε τοῦ τεθνηκότος
        μνημεῖ' Ὀρέστου ταῦτα προσθεῖναί τινα.

{ΧΡ.}
        ὦ δυστυχής· ἐγὼ δὲ σὺν χαρᾷ λόγους
935   τοιούσδ' ἔχουσ' ἔσπευδον, οὐκ εἰδυῖ' ἄρα
        ἵν' ἦμεν ἄτης· ἀλλὰ νῦν, ὅθ' ἱκόμην,
        τά τ' ὄντα πρόσθεν ἄλλα θ' εὑρίσκω κακά.

{ΗΛ.}
        οὕτως ἔχει σοι ταῦτ'· ἐὰν δ' ἐμοὶ πίθῃ,
        τῆς νῦν παρούσης πημονῆς λύσεις βάρος.

{ΧΡ.}
940   ἦ τοὺς θανόντας ἐξαναστήσω ποτέ;

{ΗΛ.}
        †οὐκ ἔσθ' ὅ γ'† εἶπον· οὐ γὰρ ὧδ' ἄφρων ἔφυν.

{ΧΡ.}
        τί γὰρ κελεύεις ὧν ἐγὼ φερέγγυος;

CRISÓTEMIS
    E onde está ele? O espanto me toma.

ELECTRA
    Em casa, doce e não duro para a mãe.

CRISÓTEMIS
930   *Oímoi*, mísera! De quem eram afinal
    as muitas oferendas à tumba do pai?

ELECTRA
    Eu tendo a crer que decerto alguém
    as fez em memória de Orestes morto.

CRISÓTEMIS
    Ó má sorte! Eu alegre com tal notícia
935   aviava-me sem saber em que erronia
    estávamos, mas agora ao chegar aqui
    descubro os já antigos e outros males.

ELECTRA
    Assim os tens, mas se confias em mim
    romperás o peso de nosso presente mal.

CRISÓTEMIS
940   Será que ressuscitarei os mortos afinal?

ELECTRA
    Não é o que eu disse, não sou tão tola.

CRISÓTEMIS
    Mas que exortas de quanto sou capaz?

{ΗΛ.}
    τλῆναί σε δρῶσαν ἃν ἐγὼ παραινέσω.

{ΧΡ.}
    ἀλλ' εἴ τις ὠφέλειά γ', οὐκ ἀπώσομαι.

{ΗΛ.}
945   ὅρα, πόνου τοι χωρὶς οὐδὲν εὐτυχεῖ.

{ΧΡ.}
    ὁρῶ. ξυνοίσω πᾶν ὅσονπερ ἂν σθένω.

{ΗΛ.}
    ἄκουε δή νυν ᾗ βεβούλευμαι τελεῖν.
    παρουσίαν μὲν οἶσθα καὶ σύ που φίλων
    ὡς οὔτις ἡμῖν ἐστιν, ἀλλ' Ἅιδης λαβὼν
950   ἀπεστέρηκε καὶ μόνα λελείμμεθον.
    ἐγὼ δ' ἕως μὲν τὸν κασίγνητον βίῳ
    θάλλοντ' ἔτ' εἰσήκουον, εἶχον ἐλπίδας
    φόνου ποτ' αὐτὸν πράκτορ' ἵξεσθαι πατρός·
    νῦν δ' ἡνίκ' οὐκέτ' ἔστιν, ἐς σὲ δὴ βλέπω,
955   ὅπως τὸν αὐτόχειρα πατρῴου φόνου
    ξὺν τῇδ' ἀδελφῇ μὴ κατοκνήσεις κτανεῖν
    Αἴγισθον· οὐδὲν γάρ σε δεῖ κρύπτειν μ' ἔτι.
    ποῖ γὰρ μενεῖς ῥάθυμος, ἐς τίν' ἐλπίδων
    βλέψασ' ἔτ' ὀρθήν; ᾗ πάρεστι μὲν στένειν
960   πλούτου πατρῴου κτῆσιν ἐστερημένῃ,
    πάρεστι δ' ἀλγεῖν ἐς τοσόνδε τοῦ χρόνου
    ἄλεκτρα γηράσκουσαν ἀνυμέναιά τε.
    καὶ τῶνδε μέντοι μηκέτ' ἐλπίσῃς ὅπως
    τεύξῃ ποτ'· οὐ γὰρ ὧδ' ἄβουλός ἐστ' ἀνὴρ
965   Αἴγισθος ὥστε σόν ποτ' ἢ κἀμὸν γένος
    βλαστεῖν ἐᾶσαι, πημονὴν αὑτῷ σαφῆ.

ELECTRA
Que ouses fazer o que te recomendar.

CRISÓTEMIS
Se algum proveito há, não me furtarei.

ELECTRA
945 Olha, sem esforço, não há boa sorte.

CRISÓTEMIS
Olho, cooperarei em tudo que puder.

ELECTRA
Ouve agora como decidi arrematar.
A presença dos nossos tu sabes que
não mais temos, mas Hades tomou,
950 espoliou e nos deixou ambas a sós.
Eu, enquanto ouvia florir o irmão
ainda em vida, mantinha esperanças
de que viesse cobrar a morte do pai.
Ora já não vive mais, volto-me a ti
955 para que com esta irmã não hesites
em matar o autor da morte do pai,
Egisto, e não mais devo te ocultar.
Até quando restarás inerte, mirando
que esperança ainda ereta? Tu podes
960 chorar frustra posse de bens paternos,
por tempo tão longo podes padecer
envelhecendo sem núpcias nem leito.
Nem esperes que um dia possas ter,
Egisto não é varão tão imprudente
965 a permitir que tua ou minha estirpe
um dia floresça para seu mal certo.

ἀλλ' ἢν ἐπίσπῃ τοῖς ἐμοῖς βουλεύμασιν,
πρῶτον μὲν εὐσέβειαν ἐκ πατρὸς κάτω
θανόντος οἴσῃ τοῦ κασιγνήτου θ' ἅμα·
970 ἔπειτα δ', ὥσπερ ἐξέφυς, ἐλευθέρα
καλῇ τὸ λοιπὸν καὶ γάμων ἐπαξίων
τεύξῃ· φιλεῖ γὰρ πρὸς τὰ χρηστὰ πᾶς ὁρᾶν.
λόγων γε μὴν εὔκλειαν οὐχ ὁρᾷς ὅσην
σαυτῇ τε κἀμοὶ προσβαλεῖς πεισθεῖσ' ἐμοί;
975 τίς γάρ ποτ' ἀστῶν ἢ ξένων ἡμᾶς ἰδὼν
τοιοῖσδ' ἐπαίνοις οὐχὶ δεξιώσεται,
"ἴδεσθε τώδε τὼ κασιγνήτω, φίλοι,
ὣ τὸν πατρῷον οἶκον ἐξεσωσάτην,
ὣ τοῖσιν ἐχθροῖς εὖ βεβηκόσιν ποτέ
980 ψυχῆς ἀφειδήσαντε, προὐστήτην φόνου.
τούτω φιλεῖν χρή, τώδε χρὴ πάντας σέβειν·
τώδ' ἔν θ' ἑορταῖς ἔν τε πανδήμῳ πόλει
τιμᾶν ἅπαντας οὕνεκ' ἀνδρείας χρεών."
τοιαῦτά τοι νὼ πᾶς τις ἐξερεῖ βροτῶν,
985 ζώσαιν θανούσαιν θ' ὥστε μὴ 'κλιπεῖν κλέος.
ἀλλ', ὦ φίλη, πείσθητι, συμπόνει πατρί,
σύγκαμν' ἀδελφῷ, παῦσον ἐκ κακῶν ἐμέ,
παῦσον δὲ σαυτήν, τοῦτο γιγνώσκουσ', ὅτι
ζῆν αἰσχρὸν αἰσχρῶς τοῖς καλῶς πεφυκόσιν.

{ΧΟ.}
990 ἐν τοῖς τοιούτοις ἐστὶν ἡ προμηθία
καὶ τῷ λέγοντι καὶ κλύοντι σύμμαχος.

{ΧΡ.}
καὶ πρίν γε φωνεῖν, ὦ γυναῖκες, εἰ φρενῶν
ἐτύγχαν' αὕτη μὴ κακῶν, ἐσῴζετ' ἂν
τὴν εὐλάβειαν, ὥσπερ οὐχὶ σῴζεται.
995 ποῖ γάρ ποτε βλέψασα τοιοῦτον θράσος

Mas se tu seguires meus conselhos,
nos ínferos terás o respeito do pai
morto e do irmão ao mesmo tempo,
970 e depois tal qual nasceste serás dita
livre doravante e terás núpcias dignas,
pois todos tendem a admirar os bons.
Não vês tu quanta glória de renome
atrairás a ti e a mim se me seguires?
975 Que cidadão ou hóspede ao nos ver
não nos saudará com louvores tais:
"admirai, amigos, estas duas irmãs,
elas salvaram ambas o lar paterno,
elas a fortalecidos inimigos um dia
980 com risco de vida impuseram morte.
Devem todos amá-las, todos venerá-las
a ambas nas festas e urbe toda do povo,
todos devem honrá-las por serem viris."
Tais louvores cada um dirá de ambas nós,
985 vivas ou mortas, sem cessar nossa glória.
Ó irmã, escuta-me tu, coopera com o pai,
colabora com o irmão, tira-me dos males,
tira-te a ti mesma, reconhecendo que vil
para os bem-nascidos é viver de modo vil.

CORO

990 Em tais circunstâncias, a cautela é aliada
tanto de quem fala quanto de quem ouve.

CRISÓTEMIS

Inda antes de falar, ó mulheres, se o siso
ela não o obtivesse mau, ela conservaria
a precaução do modo que ela não conserva.
995 Aonde voltaste teu olhar que de tal audácia

αὐτή θ' ὁπλίζῃ κἄμ' ὑπηρετεῖν καλεῖς;
οὐκ εἰσορᾷς; γυνὴ μὲν οὐδ' ἀνὴρ ἔφυς,
σθένεις δ' ἔλασσον τῶν ἐναντίων χερί.
δαίμων δὲ τοῖς μὲν εὐτυχὴς καθ' ἡμέραν,
1000 ἡμῖν δ' ἀπορρεῖ κἀπὶ μηδὲν ἔρχεται.
τίς οὖν τοιοῦτον ἄνδρα βουλεύων ἑλεῖν
ἄλυπος ἄτης ἐξαπαλλαχθήσεται;
ὅρα κακῶς πράσσοντε μὴ μείζω κακὰ
κτησώμεθ', εἴ τις τούσδ' ἀκούσεται λόγους.
1005 λύει γὰρ ἡμᾶς οὐδὲν οὐδ' ἐπωφελεῖ
βάξιν καλὴν λαβόντε δυσκλεῶς θανεῖν.
[οὐ γὰρ θανεῖν ἔχθιστον, ἀλλ' ὅταν θανεῖν
χρῄζων τις εἶτα μηδὲ τοῦτ' ἔχῃ λαβεῖν.]
ἀλλ' ἀντιάζω, πρὶν πανωλέθρους τὸ πᾶν
1010 ἡμᾶς τ' ὀλέσθαι κἀξερημῶσαι γένος,
κατάσχες ὀργήν. καὶ τὰ μὲν λελεγμένα
ἄρρητ' ἐγώ σοι κἀτελῆ φυλάξομαι,
αὐτὴ δὲ νοῦν σχὲς ἀλλὰ τῷ χρόνῳ ποτέ,
σθένουσα μηδὲν τοῖς κρατοῦσιν εἰκαθεῖν.

{ΧΟ.}
1015 πείθου. προνοίας οὐδὲν ἀνθρώποις ἔφυ
κέρδος λαβεῖν ἄμεινον οὐδὲ νοῦ σοφοῦ.

{ΗΛ.}
ἀπροσδόκητον οὐδὲν εἴρηκας· καλῶς δ'
ᾔδη σ' ἀπορρίψουσαν ἁπηγγελλόμην.
ἀλλ' αὐτόχειρί μοι μόνῃ τε δραστέον
1020 τοὔργον τόδ'· οὐ γὰρ δὴ κενόν γ' ἀφήσομεν.

{ΧΡ.}
φεῦ·
εἴθ' ὤφελες τοιάδε τὴν γνώμην πατρὸς

te armas e assim me chamas ao teu serviço?
Não enxergas? Mulher não nasceste varão,
com o braço podes menos que teus inimigos.
O Nume deles mantém boa sorte a cada dia,
1000 mas o nosso escoa e vai a caminho de nada.
Quem, pois, ao decidir matar um tal varão
teria como se evadir sem a dor da erronia?
Vê, estando mal ambas nós, não adquiramos
maiores males se alguém ouvir essas palavras.
1005 Não nos resolve nada nem nos tem utilidade
adquirir bela nomeada e morrer contra glória,
[pois o pior é não morrer quando um carente
de morrer nem assim consegue receber isso.]
Mas eu te suplico, antes que todo destruídas
1010 pereçamos nós e a família toda seja extinta,
contém a cólera, e as palavras pronunciadas
não ditas nem cumpridas eu as conservarei.
Entende tu mesma com o tempo afinal
por ser sem força ceder aos mais potentes.

CORO

1015 Atende-a. Não há para os mortais ganho
melhor do que a prudência e o hábil siso.

ELECTRA

Não disseste nada de imprevisível. Bem
eu sabia que tu rejeitarias o que relatei.
Mas só pela minha mão deve ser feito
1020 este ato, pois não o deixarei irrealizado.

CRISÓTEMIS

Pheû!
Tivesses essa convicção quando o pai

θνῄσκοντος εἶναι· πᾶν γὰρ ἂν κατειργάσω.

{ΗΛ.}
ἀλλ᾽ ἦ φύσιν γε, τὸν δὲ νοῦν ἥσσων τότε.

{ΧΡ.}
ἄσκει τοιαύτη νοῦν δι᾽ αἰῶνος μένειν.

{ΗΛ.}
1025 ὡς οὐχὶ συνδράσουσα νουθετεῖς τάδε.

{ΧΡ.}
εἰκὸς γὰρ ἐγχειροῦντα καὶ πράσσειν κακῶς.

{ΗΛ.}
ζηλῶ σε τοῦ νοῦ, τῆς δὲ δειλίας στυγῶ.

{ΧΡ.}
ἀνέξομαι κλύουσα χὤταν εὖ λέγῃς.

{ΗΛ.}
ἀλλ᾽ οὔ ποτ᾽ ἐξ ἐμοῦ γε μὴ πάθῃς τόδε.

{ΧΡ.}
1030 μακρὸς τὸ κρῖναι ταῦτα χὠ λοιπὸς χρόνος.

{ΗΛ.}
ἄπελθε· σοὶ γὰρ ὠφέλησις οὐκ ἔνι.

{ΧΡ.}
ἔνεστιν· ἀλλὰ σοὶ μάθησις οὐ πάρα.

foi morto e poderias ter dominado tudo!

ELECTRA
    Eu tinha a natureza, mas menor o siso.

CRISÓTEMIS
    Faz por manter tal siso sempre assim.

ELECTRA
1025 Falas como se não fosses agir comigo.

CRISÓTEMIS
    Espera-se que assim agindo se dê mal.

ELECTRA
    O siso te admiro, abomino a covardia.

CRISÓTEMIS
    Aceitarei também quando bem disseres.

ELECTRA
    Mas de mim isso tu não o terás jamais.

CRISÓTEMIS
1030 Longo é o tempo restante para julgá-lo.

ELECTRA
    Vai-te embora, pois tu não tens utilidade.

CRISÓTEMIS
    Tenho, mas tu não podes compreendê-la.

{ΗΛ.}
    ἐλθοῦσα μητρὶ ταῦτα πάντ' ἔξειπε σῇ.

{ΧΡ.}
    οὐδ' αὖ τοσοῦτον ἔχθος ἐχθαίρω σ' ἐγώ.

{ΗΛ.}
1035   ἀλλ' οὖν ἐπίστω γ' οἷ μ' ἀτιμίας ἄγεις.

{ΧΡ.}
    ἀτιμίας μὲν οὔ, προμηθίας δὲ σοῦ.

{ΗΛ.}
    τῷ σῷ δικαίῳ δῆτ' ἐπισπέσθαι με δεῖ;

{ΧΡ.}
    ὅταν γὰρ εὖ φρονῇς, τόθ' ἡγήσῃ σὺ νῷν.

{ΗΛ.}
    ἦ δεινὸν εὖ λέγουσαν ἐξαμαρτάνειν.

{ΧΡ.}
1040   εἴρηκας ὀρθῶς ᾧ σὺ πρόσκεισαι κακῷ.

{ΗΛ.}
    τί δ'; οὐ δοκῶ σοι ταῦτα σὺν δίκῃ λέγειν;

{ΧΡ.}
    ἀλλ' ἔστιν ἔνθα χἠ δίκη βλάβην φέρει.

{ΗΛ.}
    τούτοις ἐγὼ ζῆν τοῖς νόμοις οὐ βούλομαι.

ELECTRA
  Vai-te embora e diz tudo isso a tua mãe.

CRISÓTEMIS
  Não, eu não te odeio com tamanho ódio.

ELECTRA
1035 Mas não sabes a que desonra me arrastas.

CRISÓTEMIS
  A que desonra não, mas a que previdência.

ELECTRA
  Devo eu então seguir a linha de tua justiça?

CRISÓTEMIS
  Quando pensas bem, dirige tu a ambas nós.

ELECTRA
  Que terrível a bem-falante incorrer em erro!

CRISÓTEMIS
1040 Disseste certo em que mal tu estás instalada.

ELECTRA
  O quê? Não te parece que eu falo com justiça?

CRISÓTEMIS
  Mas há onde também a justiça produz estrago.

ELECTRA
  Com esses costumes eu não quero conviver.

{ΧΡ.}
    ἀλλ' εἰ ποήσεις ταῦτ', ἐπαινέσεις ἐμέ.

{ΗΛ.}
1045   καὶ μὴν ποήσω γ' οὐδὲν ἐκπλαγεῖσά σε.

{ΧΡ.}
    καὶ τοῦτ' ἀληθές, οὐδὲ βουλεύσῃ πάλιν;

{ΗΛ.}
    βουλῆς γὰρ οὐδέν ἐστιν ἔχθιον κακῆς.

{ΧΡ.}
    φρονεῖν ἔοικας οὐδὲν ὧν ἐγὼ λέγω.

{ΗΛ.}
    πάλαι δέδοκται ταῦτα κοὐ νεωστί μοι.

{ΧΡ.}
1050   ἄπειμι τοίνυν· οὔτε γὰρ σὺ τἄμ' ἔπη
    τολμᾷς ἐπαινεῖν οὔτ' ἐγὼ τοὺς σοὺς τρόπους.

{ΗΛ.}
    ἀλλ' εἴσιθ'. οὔ σοι μὴ μεθέψομαί ποτε,
    οὐδ' ἢν σφόδρ' ἱμείρουσα τυγχάνῃς· ἐπεὶ
    πολλῆς ἀνοίας καὶ τὸ θηρᾶσθαι κενά.

{ΧΡ.}
1055   ἀλλ' εἰ σεαυτῇ τυγχάνεις δοκοῦσά τι
    φρονεῖν, φρόνει τοιαῦθ'· ὅταν γὰρ ἐν κακοῖς
    ἤδη βεβήκῃς, τἄμ' ἐπαινέσεις ἔπη.

CRISÓTEMIS
Mas se tu fizeres isso, hás de me agradecer.

ELECTRA
1045   Eu deveras o farei sem me assustar contigo.

CRISÓTEMIS
Isso é de verdade e não deliberarás de novo?

ELECTRA
Nada é mais odioso do que o mau conselho.

CRISÓTEMIS
Parece que tu não pensas nada do que digo.

ELECTRA
Há muito isto está decidido e não há pouco.

CRISÓTEMIS
1050   Eu me vou. Nem tu ousas fazer o louvor
de minhas palavras nem eu de teus modos.

ELECTRA
Entra em casa! Eu não te seguirei jamais
nem se te tomasses de muito desejo, pois
é muita parvoíce perseguir o que é vazio.

CRISÓTEMIS
1055   Mas se te ocorrer a decisão de pensar algo,
pensa algo assim, pois quando já em males
te encontrares, aprovarás as minhas palavras.

{XO.}

{STR. 1.} τί τοὺς ἄνωθεν φρονιμωτάτους οἰωνοὺς
ἐσορώμενοι τροφᾶς κη-
1060 δομένους ἀφ' ὧν τε βλάστω-
σιν ἀφ' ὧν τ' ὄνησιν εὕρω-
σι, τάδ' οὐκ ἐπ' ἴσας τελοῦμεν;
ἀλλ' οὐ τὰν Διὸς ἀστραπὰν
καὶ τὰν οὐρανίαν Θέμιν
1065 δαρὸν οὐκ ἀπόνητοι.
ὦ χθονία βροτοῖσι φάμα,
κατά μοι βόασον οἰκτρὰν
ὄπα τοῖς ἔνερθ' Ἀτρείδαις,
ἀχόρευτα φέρουσ' ὀνείδη.

{ANT. 1.} ὅτι σφὶν ἤδη τὰ μὲν ἐκ δόμων νοσεῖται,
1071 τὰ δὲ πρὸς τέκνων διπλῆ φύ-
λοπις οὐκέτ' ἐξισοῦται
φιλοτασίῳ διαίτᾳ.
πρόδοτος δὲ μόνα σαλεύει
1075 ἁ παῖς, οἶτον ἀεὶ πατρὸς
δειλαία στενάχουσ' ὅπως
ἁ πάνδυρτος ἀηδών,
οὔτε τι τοῦ θανεῖν προμηθὴς
τό τε μὴ βλέπειν ἑτοίμα,
1080 διδύμαν ἑλοῦσ' Ἐρινύν.
τίς ἂν εὔπατρις ὧδε βλάστοι;

{STR. 2.} οὐδεὶς τῶν ἀγαθῶν <ἂν>
ζῶν κακῶς εὔκλειαν αἰσχῦναι θέλοι

[SEGUNDO ESTÁSIMO (1058-1097)]

CORO

EST.1   Por quê, se as mais sábias aves do alto
vemos cuidar do alimento
1060   daqueles com quem des-
cobriram florir e fruir,
não pagamos com igualdade?
Por raio de Zeus
e celestial Têmis,
1065   não perdurem impunes!
Ó terrestre rumor dos mortais,
proclama a minha mísera
voz aos Atridas nos ínferos
delatora de tristes afrontas,

ANT.2   que em sua casa a situação se turva
1071   e junto à prole o clamor
duplo não se concilia
com fraterno convívio.
Entregue a sós se agita
1075   a filha sempre gemendo
mísera o destino do pai
qual choroso rouxinol,
sem se precaver da morte
e pronta para não viver
1080   se matasse as duas Erínies.
Quem tão nobre floresceria?

EST.2   Nenhum dos bons se permitiria
vexar a glória por mal viver

νώνυμος, ὦ παῖ παῖ·
1085 ὡς καὶ σὺ πάγκλαυτον αἰ-
ῶνα κοινὸν εἵλου,
ἄκος καλὸν καθοπλίσα-
σα δύο φέρειν <ἐν> ἑνὶ λόγῳ,
σοφά τ' ἀρίστα τε παῖς κεκλῆσθαι.

{ANT. 2.} ζώης μοι καθύπερθεν
1091 χειρὶ καὶ πλούτῳ τεῶν ἐχθρῶν ὅσον
νῦν ὑπόχειρ ναίεις·
ἐπεί σ' ἐφηύρηκα μοί-
ρᾳ μὲν οὐκ ἐν ἐσθλᾷ
1095 βεβῶσαν, ἃ δὲ μέγιστ' ἔβλαστε νόμιμα, τῶνδε φερομέναν
ἄριστα τᾷ Ζηνὸς εὐσεβείᾳ.

sem renome, ó filha, filha.
1085 Assim escolheste
ínclita vida de prantos
armada de belo remédio
prover na mesma conta dupla
a glória de sábia e nobre filha.

ANT.2 Possas tu viver em poder e em
1091 posses acima dos inimigos
de quem hoje nas mãos,
porque te descobri
firme em não boa
1095 parte e cultivaste
os costumes maiores
conquistando excelência
pela veneração de Zeus.

{ΟΡ.}
    ἆρ', ὦ γυναῖκες, ὀρθά τ' εἰσηκούσαμεν
    ὀρθῶς θ' ὁδοιποροῦμεν ἔνθα χρῄζομεν;

{ΧΟ.}
1100   τί δ' ἐξερευνᾷς καὶ τί βουληθεὶς πάρει;

{ΟΡ.}
    Αἴγισθον ἔνθ' ᾤκηκεν ἱστορῶ πάλαι.

{ΧΟ.}
    ἀλλ' εὖ θ' ἱκάνεις χὠ φράσας ἀζήμιος.

{ΟΡ.}
    τίς οὖν ἂν ὑμῶν τοῖς ἔσω φράσειεν ἂν
    ἡμῶν ποθεινὴν κοινόπουν παρουσίαν;

{ΧΟ.}
1105   ἥδ', εἰ τὸν ἄγχιστόν γε κηρύσσειν χρεών.

{ΟΡ.}
    ἴθ', ὦ γύναι, δήλωσον εἰσελθοῦσ' ὅτι
    Φωκῆς ματεύουσ' ἄνδρες Αἴγισθόν τινες.

{ΗΛ.}
    οἴμοι τάλαιν', οὐ δή ποθ' ἧς ἠκούσαμεν
    φήμης φέροντες ἐμφανῆ τεκμήρια;

[QUARTO EPISÓDIO – PRIMEIRA PARTE (1098-1231)]

ORESTES
    Ó mulheres, nós ouvimos a indicação certa
    e nós deveras vamos para onde precisamos?

CORO
1100   O que procuras e o que queres tu presente?

ORESTES
    Egisto onde tem residência pergunto antes.

CORO
    Deveras viestes e quem indicou está ileso.

ORESTES
    Qual de vós poderia anunciar aos da casa
    a nossa presença desejada e companheira?

CORO
1105   Ela, se o mais aparentado deve ser o núncio.

ORESTES
    Vai, ó mulher, entra em casa e informa que
    da Fócida alguns varões procuram por Egisto.

ELECTRA
    Oímoi, mísera! Não trazeis provas evidentes
    daquele rumor que nós naquela vez ouvimos?

{ΟΡ.}
1110 οὐκ οἶδα τὴν σὴν κληδόν· ἀλλά μοι γέρων
ἐφεῖτ' Ὀρέστου Στροφίος ἀγγεῖλαι πέρι.

{ΗΛ.}
τί δ' ἔστιν, ὦ ξέν'; ὥς μ' ὑπέρχεται φόβος.

{ΟΡ.}
φέροντες αὐτοῦ σμικρὰ λείψαν' ἐν βραχεῖ
τεύχει θανόντος, ὡς ὁρᾷς, κομίζομεν.

{ΗΛ.}
1115 οἴ 'γὼ τάλαινα, τοῦτ' ἐκεῖν', ἤδη σαφές·
πρόχειρον ἄχθος, ὡς ἔοικε, δέρκομαι.

{ΟΡ.}
εἴπερ τι κλαίεις τῶν Ὀρεστείων κακῶν,
τόδ' ἄγγος ἴσθι σῶμα τοὐκείνου στέγον.

{ΗΛ.}
ὦ ξεῖνε, δός νυν πρὸς θεῶν, εἴπερ τόδε
1120 κέκευθεν αὐτὸν τεῦχος, εἰς χεῖρας λαβεῖν,
ὅπως ἐμαυτὴν καὶ γένος τὸ πᾶν ὁμοῦ
ξὺν τῇδε κλαύσω κἀποδύρωμαι σποδῷ.

{ΟΡ.}
δόθ', ἥτις ἐστί, προσφέροντες· οὐ γὰρ ὡς
ἐν δυσμενείᾳ γ' οὖσ' ἐπαιτεῖται τόδε,
1125 ἀλλ' ἢ φίλων τις, ἢ πρὸς αἵματος φύσιν.

{ΗΛ.}
ὦ φιλτάτου μνημεῖον ἀνθρώπων ἐμοὶ

ORESTES

1110 Não conheço essa tua notícia, mas o ancião
Estrófio me enviou para o anúncio de Orestes.

ELECTRA

O que é isso, ó forasteiro? O pavor me invade.

ORESTES

Trazendo as suas exíguas relíquias em breve
urna funerária, como vês, nós transportamos.

ELECTRA

1115 Ai de mim, mísera! Isso é aquilo. Já é claro.
Ao que parece, estou vendo o fardo à mão.

ORESTES

Se tu estás chorando pelos males de Orestes.
sabe que este recipiente cobre o corpo dele.

ELECTRA

Ó forasteiro, por Deuses, dá-me receber
1120 em minhas mãos se esta urna o encerra
para que pranteie e gema a mim mesma
e minha família toda junto desta cinza.

ORESTES

Traz e entrega-lhe, quem quer que seja,
pois não o solicita como se tivesse ódio,
1125 mas como um dos seus ou consanguíneo.

ELECTRA

Ó memorial do mais caro dos homens,

ψυχῆς Ὀρέστου λοιπόν, ὡς <σ'> ἀπ' ἐλπίδων
οὐχ ὧνπερ ἐξέπεμπον εἰσεδεξάμην.
νῦν μὲν γὰρ οὐδὲν ὄντα βαστάζω χεροῖν,
1130 δόμων δέ σ', ὦ παῖ, λαμπρὸν ἐξέπεμψ' ἐγώ·
ὡς ὤφελον πάροιθεν ἐκλιπεῖν βίον,
πρὶν ἐς ξένην σε γαῖαν ἐκπέμψαι χεροῖν
κλέψασα ταῖνδε κἀνασώσασθαι φόνου,
ὅπως θανὼν ἔκεισο τῇ τόθ' ἡμέρᾳ,
1135 τύμβου πατρῴου κοινὸν εἰληχὼς μέρος.
νῦν δ' ἐκτὸς οἴκων κἀπὶ γῆς ἄλλης φυγὰς
κακῶς ἀπώλου, σῆς κασιγνήτης δίχα·
κοὔτ' ἐν φίλαισι χερσὶν ἡ τάλαιν' ἐγὼ
λουτροῖς σ' ἐκόσμησ' οὔτε παμφλέκτου πυρὸς
1140 ἀνειλόμην, ὡς εἰκός, ἄθλιον βάρος,
ἀλλ' ἐν ξένῃσι χερσὶ κηδευθεὶς τάλας
σμικρὸς προσήκεις ὄγκος ἐν σμικρῷ κύτει.
οἴμοι τάλαινα τῆς ἐμῆς πάλαι τροφῆς
ἀνωφελήτου, τὴν ἐγὼ θάμ' ἀμφὶ σοὶ
1145 πόνῳ γλυκεῖ παρέσχον. οὔτε γάρ ποτε
μητρὸς σύ γ' ἦσθα μᾶλλον ἢ κἀμοῦ φίλος,
οὔθ' οἱ κατ' οἶκον ἦσαν ἀλλ' ἐγὼ τροφός,
ἐγὼ δ' ἀδελφὴ σοὶ προσηυδώμην ἀεί.
νῦν δ' ἐκλέλοιπε ταῦτ' ἐν ἡμέρᾳ μιᾷ
1150 θανόντι σὺν σοί. πάντα γὰρ συναρπάσας,
θύελλ' ὅπως, βέβηκας. οἴχεται πατήρ·
τέθνηκ' ἐγώ σοι· φροῦδος αὐτὸς εἶ θανών·
γελῶσι δ' ἐχθροί· μαίνεται δ' ὑφ' ἡδονῆς
μήτηρ ἀμήτωρ, ἧς ἐμοὶ σὺ πολλάκις
1155 φήμας λάθρᾳ προὔπεμπες ὡς φανούμενος
τιμωρὸς αὐτός. ἀλλὰ ταῦθ' ὁ δυστυχὴς
δαίμων ὁ σός τε κἀμὸς ἐξαφείλετο,
ὅς σ' ὧδέ μοι προὔπεμψεν ἀντὶ φιλτάτης
μορφῆς σποδόν τε καὶ σκιὰν ἀνωφελῆ.

resto da vida de Orestes, quão longe de
esperanças com que te enviei te recebo!
Agora não tenho nada vivo nas mãos,
1130 mas de casa, filho, saudável te enviei.
Quanto eu deveria antes deixar a vida
antes que te enviasse a terra forasteira
furto de minhas mãos e salvo da morte
para que naquele dia lá jazesses morto
1135 e partilhasses da tumba comum do pai.
Agora fora de casa em terra alheia, êxul,
terminaste mal, longe desta tua irmã.
Nem eu esta mísera com minhas mãos
nos lustres te ornei nem do fogo ardente
1140 retirei, ao que parece, o mísero peso.
Mas por hóspedas mãos tratado mísero
vens pequeno vulto em pequena urna.
Oímoi, mísera, por meu antigo préstimo
sem proveito que eu por ti muitas vezes
1145 com doce esforço ofereci. Nem outrora
tu foste mais caro à mãe do que a mim,
não os de casa mas eu era quem nutria,
eu sempre sendo por ti chamada irmã.
Agora tudo isso cessou num único dia
1150 contigo morto. Ao arrebatares tudo isso
qual tormenta, tu te foste. O pai finou-se,
estou morta por ti, ido tu mesmo morto.
Riem inimigos, enlouquece de prazer
a mãe não-mãe, quando tu muitas vezes
1155 me deste secreto sinal de que surgirias
tu mesmo para puni-la, mas isso o Nume
de má sorte, o teu e o meu, nos roubou,
o Nume que em vez da caríssima forma
assim me enviou cinzas e sombra inútil.

1160 οἴμοι μοι.
ὦ δέμας οἰκτρόν. φεῦ φεῦ.
ὦ δεινοτάτας, οἴμοι μοι,
πεμφθεὶς κελεύθους, φίλταθ', ὥς μ' ἀπώλεσας·
ἀπώλεσας δῆτ', ὦ κασίγνητον κάρα.
1165 τοιγὰρ σὺ δέξαι μ' ἐς τὸ σὸν τόδε στέγος,
τὴν μηδὲν ἐς τὸ μηδέν, ὡς σὺν σοὶ κάτω
ναίω τὸ λοιπόν. καὶ γὰρ ἡνίκ' ἦσθ' ἄνω,
ξὺν σοὶ μετεῖχον τῶν ἴσων· καὶ νῦν ποθῶ
τοῦ σοῦ θανοῦσα μὴ ἀπολείπεσθαι τάφου.
1170 τοὺς γὰρ θανόντας οὐχ ὁρῶ λυπουμένους.

{ΧΟ.}
θνητοῦ πέφυκας πατρός, Ἠλέκτρα, φρόνει·
θνητὸς δ' Ὀρέστης· ὥστε μὴ λίαν στένε·
πᾶσιν γὰρ ἡμῖν τοῦτ' ὀφείλεται παθεῖν.

{ΟΡ.}
φεῦ φεῦ, τί λέξω; ποῖ λόγων ἀμηχανῶν
1175 ἔλθω; κρατεῖν γὰρ οὐκέτι γλώσσης σθένω.

{ΗΛ.}
τί δ' ἔσχες ἄλγος; πρὸς τί τοῦτ' εἰπὼν κυρεῖς;

{ΟΡ.}
ἦ σὸν τὸ κλεινὸν εἶδος Ἠλέκτρας τόδε;

{ΗΛ.}
τόδ' ἔστ' ἐκεῖνο, καὶ μάλ' ἀθλίως ἔχον.

{ΟΡ.}
οἴμοι ταλαίνης ἆρα τῆσδε συμφορᾶς.

1160 *Oímoi moi.*
Ó mísero corpo, *pheû pheû!*
Ó terríveis, *oímoi moi,*
vias percorrias, caríssimo, ao me perderes,
ao me perderes, pois, ó tu, fraterna cabeça!
1165 Assim sendo recebe-me tu em teu abrigo,
esta nula a este nulo para que nos ínferos
more contigo doravante; quando encima
tive contigo iguais partes e agora desejo
ao morrer não ser despojada de teu túmulo
1170 pois não estou vendo os mortos sofrerem.

CORO

Nasceste de pai mortal, Electra, considera
ser mortal Orestes e tu não chores demais,
todos nós temos a dívida de passar por isso.

ORESTES

Pheû pheû, que direi? A que impossíveis falas
1175 recorrerei? Não posso mais dominar a língua.

ELECTRA

Que dor sentes? Com que propósito falaste?

ORESTES

Será tua esta ínclita aparência de Electra?

ELECTRA

Isto é aquilo e com muito mais miséria.

ORESTES

Oímoi, quão miserável esta conjuntura!

{ΗΛ.}
1180   οὐ δή ποτ', ὦ ξέν', ἀμφ' ἐμοὶ στένεις τάδε;

{ΟΡ.}
       ὦ σῶμ' ἀτίμως κἀθέως ἐφθαρμένον.

{ΗΛ.}
       οὔτοι ποτ' ἄλλην ἢ 'μὲ δυσφημεῖς, ξένε.

{ΟΡ.}
       φεῦ τῆς ἀνύμφου δυσμόρου τε σῆς τροφῆς.

{ΗΛ.}
       τί δή ποτ', ὦ ξέν', ὧδ' ἐπισκοπῶν στένεις;

{ΟΡ.}
1185   ὅσ' οὐκ ἄρ' ᾔδη τῶν ἐμῶν ἐγὼ κακῶν.

{ΗΛ.}
       ἐν τῷ διέγνως τοῦτο τῶν εἰρημένων;

{ΟΡ.}
       ὁρῶν σε πολλοῖς ἐμπρέπουσαν ἄλγεσιν.

{ΗΛ.}
       καὶ μὴν ὁρᾷς γε παῦρα τῶν ἐμῶν κακῶν.

{ΟΡ.}
       καὶ πῶς γένοιτ' ἂν τῶνδ' ἔτ' ἐχθίω βλέπειν;

{ΗΛ.}
1190   ὁθούνεκ' εἰμὶ τοῖς φονεῦσι σύντροφος.

ELECTRA
1180 Ó forasteiro, não choras assim por mim?

ORESTES
Ó corpo destruído sem honra nem Deus.

ELECTRA
Não difamas, ó forasteiro, senão a mim?

ORESTES
Pheû, por tua inupta e despossuída vida!

ELECTRA
Por que, ó forasteiro, observas e gemes?

ORESTES
1185 Quantos de meus males eu desconhecia!

ELECTRA
Em qual das palavras reconheceste isso?

ORESTES
Quando te vejo distinta por muitas dores.

ELECTRA
Estás vendo, porém, pouco de meu males.

ORESTES
Como seria ver algo ainda pior que isto?

ELECTRA
1190 Pois vivo em companhia dos matadores.

{ΟΡ.}
    τοῖς τοῦ; πόθεν τοῦτ' ἐξεσήμηνας κακόν;

{ΗΛ.}
    τοῖς πατρός. εἶτα τοῖσδε δουλεύω βίᾳ.

{ΟΡ.}
    τίς γάρ σ' ἀνάγκῃ τῇδε προτρέπει βροτῶν;

{ΗΛ.}
    μήτηρ καλεῖται· μητρὶ δ' οὐδὲν ἐξισοῖ.

{ΟΡ.}
1195 τί δρῶσα; πότερα χερσὶν, ἢ λύμῃ βίου;

{ΗΛ.}
    καὶ χερσὶ καὶ λύμαισι καὶ πᾶσιν κακοῖς.

{ΟΡ.}
    οὐδ' οὑπαρήξων οὐδ' ὁ κωλύσων πάρα;

{ΗΛ.}
    οὐ δῆθ'· ὃς ἦν γάρ μοι σὺ προὔθηκας σποδόν.

{ΟΡ.}
    ὦ δύσποτμ', ὡς ὁρῶν σ' ἐποικτίρω πάλαι.

{ΗΛ.}
1200 μόνος βροτῶν νυν ἴσθ' ἐποικτίρας ποτέ.

{ΟΡ.}
    μόνος γὰρ ἥκω τοῖσι σοῖς ἀλγῶν κακοῖς.

ORESTES
   Os de quem? De quem indicas esse mal?

ELECTRA
   Os do pai. E ainda assim os sirvo à força.

ORESTES
   Que mortal te submete a essa coerção?

ELECTRA
   Mãe se diz, mas em nada é igual a mãe.

ORESTES
1195   Que ela faz? Com mãos ou maus-tratos?

ELECTRA
   Com mãos, maus-tratos e todos os males.

ORESTES
   Não há quem defenda nem quem impeça?

ELECTRA
   Não. De meu defensor tu mostraste o pó.

ORESTES
   Ó de má sorte, ao te ver apiedo-me de ti.

ELECTRA
1200   Pois sabe que dos mortais só tu te apiedas.

ORESTES
   Só eu venho condoído com teus males.

{ΗΛ.}
    οὐ δή ποθ' ἡμῖν ξυγγενὴς ἥκεις ποθέν;

{ΟΡ.}
    ἐγὼ φράσαιμ' ἄν, εἰ τὸ τῶνδ' εὔνουν πάρα.

{ΗΛ.}
    ἀλλ' ἔστιν εὔνουν, ὥστε πρὸς πιστὰς ἐρεῖς.

{ΟΡ.}
1205   μέθες τόδ' ἄγγος νῦν, ὅπως τὸ πᾶν μάθῃς.

{ΗΛ.}
    μὴ δῆτα πρὸς θεῶν τοῦτό μ' ἐργάσῃ, ξένε.

{ΟΡ.}
    πιθοῦ λέγοντι κοὐχ ἁμαρτήσῃ ποτέ.

{ΗΛ.}
    μή πρὸς γενείου μὴ 'ξέλῃ τὰ φίλτατα.

{ΟΡ.}
    οὔ φημ' ἐάσειν.

{ΗΛ.}
        ὦ τάλαιν' ἐγὼ σέθεν,
1210   Ὀρέστα, τῆς σῆς εἰ στερήσομαι ταφῆς.

{ΟΡ.}
    εὔφημα φώνει· πρὸς δίκης γὰρ οὐ στένεις.

{ΗΛ.}
    πῶς τὸν θανόντ' ἀδελφὸν οὐ δίκῃ στένω;

ELECTRA
Não vens afinal nosso parente dalgures?

ORESTES
Eu diria isso se fosse bem visto dos teus.

ELECTRA
Mas é bem visto de modo a persuadires.

ORESTES
1205   Solta essa urna para que saibas de tudo.

ELECTRA
Por Deuses, não me faças isso, forasteiro!

ORESTES
Confia em minha palavra e não errarás.

ELECTRA
Por teu queixo, não me tires o mais caro!

ORESTES
Nego permissão.

ELECTRA
                Oh, mísera de mim,
1210   Orestes, se for impedida de te sepultar.

ORESTES
Diz boas falas! Não gemes com justiça.

ELECTRA
Como gemo sem justiça o irmão morto?

{ΟΡ.}
    οὔ σοι προσήκει τήνδε προσφωνεῖν φάτιν.

{ΗΛ.}
    οὕτως ἄτιμός εἰμι τοῦ τεθνηκότος;

{ΟΡ.}
1215 ἄτιμος οὐδενὸς σύ· τοῦτο δ' οὐχὶ σόν.

{ΗΛ.}
    εἴπερ γ' Ὀρέστου σῶμα βαστάζω τόδε.

{ΟΡ.}
    ἀλλ' οὐκ Ὀρέστου, πλὴν λόγῳ γ' ἠσκημένον.

{ΗΛ.}
    ποῦ δ' ἔστ' ἐκείνου τοῦ ταλαιπώρου τάφος;

{ΟΡ.}
    οὐκ ἔστι· τοῦ γὰρ ζῶντος οὐκ ἔστιν τάφος.

{ΗΛ.}
1220 πῶς εἶπας, ὦ παῖ;

{ΟΡ.}
    ψεῦδος οὐδὲν ὧν λέγω.

{ΗΛ.}
    ἦ ζῇ γὰρ ἀνήρ;

{ΟΡ.}
    εἴπερ ἔμψυχός γ' ἐγώ.

ORESTES

    Não te convém pronunciar essa palavra.

ELECTRA

    Sou eu assim tão indigna deste morto?

ORESTES

1215   Tu não és indigna, mas este não é teu.

ELECTRA

    Se é de Orestes que seguro estes restos.

ORESTES

    Não é de Orestes senão em fala fictícia.

ELECTRA

    Onde está o sepulcro daquele sofredor?

ORESTES

    Não há, pois não há o sepulcro do vivo.

ELECTRA

1220   Que disseste, filho?

ORESTES

                  Nenhuma mentira.

ELECTRA

    Vive o varão?

ORESTES

              Se eu mesmo respiro.

{ΗΛ.}
ἦ γὰρ σὺ κεῖνος;

{ΟΡ.}
τήνδε προσβλέψασά μου
σφραγῖδα πατρὸς ἔκμαθ' εἰ σαφῆ λέγω.

{ΗΛ.}
ὦ φίλτατον φῶς.

{ΟΡ.}
φίλτατον, ξυμμαρτυρῶ.

{ΗΛ.}
1225 ὦ φθέγμ', ἀφίκου;

{ΟΡ.}
μηκέτ' ἄλλοθεν πύθῃ.

{ΗΛ.}
ἔχω σε χερσίν;

{ΟΡ.}
ὡς τὰ λοίπ' ἔχοις ἀεί.

{ΗΛ.}
ὦ φίλταται γυναῖκες, ὦ πολίτιδες,
ὁρᾶτ' Ὀρέστην τόνδε, μηχαναῖσι μὲν
θανόντα, νῦν δὲ μηχαναῖς σεσωσμένον.

{ΧΟ.}
1230 ὁρῶμεν, ὦ παῖ, κἀπὶ συμφοραῖσί μοι
γεγηθὸς ἕρπει δάκρυον ὀμμάτων ἄπο.

ELECTRA
   Pois tu és aquele?

ORESTES
               Considera este selo
   do pai e verifica se o que digo é verdade.

ELECTRA
   Ó caríssima luz!

ORESTES
               Caríssima, confirmo.

ELECTRA
1225   Ó voz, vieste?

ORESTES
               Não mais procures alhures.

ELECTRA
   Tenho-te nos braços?

ORESTES
               Tenhas sempre doravante.

ELECTRA
   Ó caríssimas mulheres, minhas concidadãs,
   vede aqui Orestes, por artifícios considerado
   morto, mas de fato por artifícios preservado.

CORO
1230   Estamos vendo, ó filha, e nesta conjuntura
   o júbilo me invade com lágrimas nos olhos.

{ΗΛ.}
{str.} ἰὼ γοναί,
γοναὶ σωμάτων ἐμοὶ φιλτάτων,
ἐμόλετ' ἀρτίως,
1235 ἐφηύρετ', ἤλθετ', εἴδεθ' οὓς ἐχρῄζετε.

{ΟΡ.}
πάρεσμεν· ἀλλὰ σῖγ' ἔχουσα πρόσμενε.

{ΗΛ.}
τί δ' ἔστιν;

{ΟΡ.}
σιγᾶν ἄμεινον, μή τις ἔνδοθεν κλύῃ.

{ΗΛ.}
μὰ τὰν Ἄρτεμιν τὰν αἰὲν ἀδμήταν,
1240 τόδε μὲν οὔποτ' ἀξιώσω τρέσαι,
περισσὸν ἄχθος ἔνδον
γυναικῶν ὃ ναίει.

{ΟΡ.}
ὅρα γε μὲν δὴ κἀν γυναιξὶν ὡς Ἄρης
ἔνεστιν· εὖ δ' ἔξοισθα πειραθεῖσά που.

{ΗΛ.}
1245 ὀττοτοῖ <ὀττοτοῖ>,
ἀνέφελον ἐνέβαλες οὔποτε καταλύσιμον,

[DUETO DE RECONHECIMENTO (1232-1287)]

ELECTRA
EST.   *Iò* filho,
        filho de quem tem o maior vínculo comigo,
        chegaste afinal,
1235 descobriste, vieste e viste quem querias ver.

ORESTES
        Aqui estamos, mas permanece em silêncio.

ELECTRA
        Por quê?

ORESTES
        Melhor o silêncio, não nos escutem lá dentro.

ELECTRA
        Por Ártemis, a sempre indômita,
1240 não estimarei digno de temor
        fardo imprestável de mulheres
        isso que habita dentro de casa.

ORESTES
        Vê que mesmo em mulheres Ares
        está, bem o sabes por experiência.

ELECTRA
1245 *Ottotoî ottotoî,*
        Sem névoa mencionas

οὐδέ ποτε λησόμενον ἁμέτερον
1250 οἷον ἔφυ κακόν.

{ΟΡ.}
ἔξοιδα καὶ ταῦτ'· ἀλλ' ὅταν παρουσία
φράζῃ, τότ' ἔργων τῶνδε μεμνῆσθαι χρεών.

{ΗΛ.}
{ΑΝΤ.} ὁ πᾶς ἐμοί,
ὁ πᾶς ἂν πρέποι παρὼν ἐννέπειν
1255 τάδε δίκᾳ χρόνος.
μόλις γὰρ ἔσχον νῦν ἐλεύθερον στόμα.

{ΟΡ.}
ξύμφημι κἀγώ· τοιγαροῦν σῴζου τόδε.

{ΗΛ.}
τί δρῶσα;

{ΟΡ.}
οὗ μὴ 'στι καιρός μὴ μακρὰν βούλου λέγειν.

{ΗΛ.}
1260 τίς ανταξίαν σοῦ γε πεφηνότος
μεταβάλοιτ' ἂν ὧδε σιγὰν λόγων;
ἐπεί σε νῦν ἀφράστως
ἀέλπτως τ' ἐσεῖδον.

{ΟΡ.}
τότ' εἶδες, ὅτε θεοί μ' ἐπώτρυναν μολεῖν
⟨ × – ᴜ – × – ᴜ – × – ᴜ – ⟩

sem solução nem oblívio
1250 como surgiu nosso mal.

ORESTES
Bem o sei, mas quando a ocasião
pede, deve-se lembrar desses atos.

ELECTRA
ANT. Todo o tempo
todo presente me conviria
1255 proclamar isso com justiça.
A custo tive agora livre fala.

ORESTES
Concordo, mas preserve-o.

ELECTRA
Fazendo o quê?

ORESTES
Sem ocasião não queiras falar muito.

ELECTRA
1260 Quem permutaria como equivalente
silêncio de palavras por tua aparição
agora que imprevisível
e imprevistamente te vi?

ORESTES
Viste quando Deuses me deram vir.
< . . . . >

{ΗΛ.}
1265   ἔφρασας ὑπερτέραν
       τᾶς πάρος ἔτι χάριτος, εἴ σε θεὸς ἐπόρισεν
       ἁμέτερα πρὸς μέλαθρα· δαιμόνιον
1270   αὐτὸ τίθημ' ἐγώ.

{ΟΡ.}
       τὰ μέν σ' ὀκνῶ χαίρουσαν εἰργαθεῖν, τὰ δὲ
       δέδοικα λίαν ἡδονῇ νικωμένην.

{ΗΛ.}
{ Epo.} ἰὼ χρόνῳ
       μακρῷ φιλτάταν ὁδὸν ἐπαξιώ-
       σας ὧδέ μοι φανῆναι,
1275   μή τί με, πολύπονον ὧδ' ἰδὼν –

{ΟΡ.}
       τί μὴ ποήσω;

{ΗΛ.}
                μή μ' ἀποστερήσῃς
       τῶν σῶν προσώπων ἡδονὰν μεθέσθαι.

{ΟΡ.}
       ἦ κάρτα κἂν ἄλλοισι θυμοίμην ἰδών.

{ΗΛ.}
1280   ξυναινεῖς;

{ΟΡ.}
                τί μὴν οὔ;

ELECTRA

1265   Dizes a graça ainda mais alta
        que a anterior se te trouxeram
        Deuses à nossa casa, confirmo
1270   que isso é numinoso.

ORESTES

        Hesito em restringir tua alegria,
        que temo transposta por prazer.

ELECTRA

EPODO   *Ió!* Longo tempo ao te dignares
        mostrar a mais grata viagem
        ao me vires com tantos males,
1275   não me...

ORESTES

                O que não fazer?

ELECTRA

        Não me prives do prazer
        de teu rosto por te perder.

ORESTES

        Muita ira teria ao ver isso.

ELECTRA

1280   Concordas?

ORESTES

                Por que não?

{ΗΛ.}
    ὦ φίλ', ἔκλυον
    ἃν ἐγὼ οὐδ' ἂν ἤλπισ' αὐδάν.
    <ἀλλ' ὅμως ἐπ> ἔσχον ὀργὰν ἄναυδον
    οὐδὲ σὺν βοᾷ κλύουσ' ἁ τάλαινα.
1285 νῦν δ' ἔχω σε· προὐφάνης δὲ
    φιλτάταν ἔχων πρόσοψιν,
    ἇς ἐγὼ οὐδ' ἂν ἐν κακοῖς λαθοίμαν.

ELECTRA:
>Ó caro, ouvi a voz
>que eu não esperei.
>Mas contive o ímpeto,
>mísera muda ouvi.
>1285 Tenho-te agora, mostras
>o mais caro rosto, eu
>nem aflita o esqueceria.

{ΟΡ.}
τὰ μὲν περισσεύοντα τῶν λόγων ἄφες,
καὶ μήτε μήτηρ ὡς κακὴ δίδασκέ με
1290 μήθ᾽ ὡς πατρῷαν κτῆσιν Αἴγισθος δόμων
ἀντλεῖ, τὰ δ᾽ ἐκχεῖ, τὰ δὲ διασπείρει μάτην·
χρόνου γὰρ ἄν σοι καιρὸν ἐξείργοι λόγος.
ἃ δ᾽ ἁρμόσει μοι τῷ παρόντι νῦν χρόνῳ
σήμαιν᾽, ὅπου φανέντες ἢ κεκρυμμένοι
1295 γελῶντας ἐχθροὺς παύσομεν τῇ νῦν ὁδῷ.
τούτῳ δ᾽ ὅπως μήτηρ σε μὴ 'πιγνώσεται
φαιδρῷ προσώπῳ νῷν ἐπελθόντοιν δόμους·
ἀλλ᾽ ὡς ἐπ᾽ ἄτῃ τῇ μάτην λελεγμένῃ
στέναζ᾽· ὅταν γὰρ εὐτυχήσωμεν, τότε
1300 χαίρειν παρέσται καὶ γελᾶν ἐλευθέρως.

{ΗΛ.}
ἀλλ᾽, ὦ κασίγνηθ᾽, ὧδ᾽ ὅπως καὶ σοὶ φίλον
καὶ τοὐμὸν ἔσται, τάσδ᾽ ἐπεὶ τὰς ἡδονὰς
πρὸς σοῦ λαβοῦσα κοὐκ ἐμὰς ἐκτησάμην.
κοὐδ᾽ ἄν σε λυπήσασα δεξαίμην βραχὺ
1305 αὐτὴ μέγ᾽ εὑρεῖν κέρδος· οὐ γὰρ ἂν καλῶς
ὑπηρετοίην τῷ παρόντι δαίμονι.
ἀλλ᾽ οἶσθα μὲν τἀνθένδε, πῶς γὰρ οὔ; κλύων
ὁθούνεκ᾽ Αἴγισθος μὲν οὐ κατὰ στέγας,
μήτηρ δ᾽ ἐν οἴκοις· ἣν σὺ μὴ δείσῃς ποθ᾽ ὡς
1310 γέλωτι τοὐμὸν φαιδρὸν ὄψεται κάρα.
μῖσός τε γὰρ παλαιὸν ἐντέτηκέ μοι,
κἀπεί σ᾽ ἐσεῖδον, οὔ ποτ᾽ ἐκλήξω χαρᾷ
δακρυρροοῦσα. Πῶς γὰρ ἂν λήξαιμ᾽ ἐγώ,

[QUARTO EPISÓDIO, SEGUNDA PARTE (1288-1383)]

ORESTES
      Omite os relatórios excedentes,
      não me digas que a mãe é má
1290 e Egisto os pátrios bens da casa
      esgota, verte, dispersa em vão.
      O relato te roubaria a ocasião.
      Diz-me o apto ao ora presente,
      onde agora às claras ou ocultos
1295 cessaríamos o riso dos inimigos.
      Não reconheça a mãe teu rosto
      radioso ao entrarmos em casa!
      Chora a erronia do falso relato!
      Ao lograrmos boa sorte, então
1300 será possível saudar e rir livre.

ELECTRA
      Ó irmão, tal como a ti te é caro
      assim a mim me será. O prazer
      que tive de ti não adquiri meu.
      Nem se pouco te afligisse eu
1305 aceitaria lograr o grande lucro,
      se mal servido o presente Nume.
      Mas conheces aqui, como não?
      Já que Egisto não está em casa,
      mas a mãe sim, não temas nunca
1310 vires minha cabeça radiosa de riso.
      Um ódio antigo se funde comigo
      e porque te vi não cessarei jamais
      de chorar de júbilo. Como cessaria

ἥτις μιᾷ σε τῇδ' ὁδῷ θανόντα τε
1315 καὶ ζῶντ' ἐσεῖδον; εἴργασαι δέ μ' ἄσκοπα·
ὥστ', εἰ πατήρ μοι ζῶν ἵκοιτο, μηκέτ' ἂν
τέρας νομίζειν αὐτό, πιστεύειν δ' ὁρᾶν.
ὅτ' οὖν τοιαύτην ἡμὶν ἐξήκεις ὁδόν,
ἄρχ' αὐτὸς ὥς σοι θυμός. ὡς ἐγὼ μόνη
1320 οὐκ ἂν δυοῖν ἥμαρτον· ἢ γὰρ ἂν καλῶς
ἔσωσ' ἐμαυτήν, ἢ καλῶς ἀπωλόμην.

{ΟΡ.}

σιγᾶν ἐπῄνεσ'· ὡς ἐπ' ἐξόδῳ κλύω
τῶν ἔνδοθεν χωροῦντος.

{ΗΛ.}

 εἴσιτ', ὦ ξένοι,
ἄλλως τε καὶ φέροντες οἷ' ἂν οὔτε τις
1325 δόμων ἀπώσαιτ' οὔτ' ἂν ἡσθείη λαβών.

{ΠΑ.}

ὦ πλεῖστα μῶροι καὶ φρενῶν τητώμενοι,
πότερα παρ' οὐδὲν τοῦ βίου κήδεσθ' ἔτι,
ἢ νοῦς ἔνεστιν οὔτις ὑμὶν ἐγγενής,
ὅτ' οὐ παρ' αὐτοῖς, ἀλλ' ἐν αὐτοῖσιν κακοῖς
1330 τοῖσιν μεγίστοις ὄντες οὐ γιγνώσκετε;
ἀλλ' εἰ σταθμοῖσι τοῖσδε μὴ 'κύρουν ἐγὼ
πάλαι φυλάσσων, ἦν ἂν ὑμὶν ἐν δόμοις
τὰ δρώμεν' ὑμῶν πρόσθεν ἢ τὰ σώματα·
νῦν δ' εὐλάβειαν τῶνδε προὐθέμην ἐγώ.
1335 καὶ νῦν ἀπαλλαχθέντε τῶν μακρῶν λόγων
καὶ τῆς ἀπλήστου τῆσδε σὺν χαρᾷ βοῆς
εἴσω παρέλθεθ', ὡς τὸ μὲν μέλλειν κακὸν
ἐν τοῖς τοιούτοις ἔστ', ἀπηλλάχθαι δ' ἀκμή.

se nesta única viagem te vi morto
1315 e vivo. Fizeste-me sem expectativa
que se o pai viesse a mim vivo, não
o teria por prodígio, mas creria ver.
Agora que nos vieste nesta viagem
guia-nos como a ti o ânimo, a sós
1320 não falharia duas vezes: ou bem
me salvaria ou bem me perderia.

ORESTES
Aprovei silêncio para ouvir na saída
os passos dos de casa.

ELECTRA
               Entrai, hóspedes,
vós sois portadores do que ninguém
1325 de casa repeliria, nem grato receberia.

PRECEPTOR
Ó muito parvos e carentes de espírito,
ou não mais cuidais de vossas vidas
ou não há em vós nenhum tino inato
quando vós ignorais estar não à beira
1330 mas dentro mesmo dos maiores males.
Se há muito nestes portais não estivesse
eu vigiando, os nossos atos estariam
dentro de casa antes que vós mesmos.
Agora que eu tomei precaução disso,
1335 agora terminai com as longas falas
e com insaciáveis gritarias de júbilo,
avançai em casa, que mal é o atraso
em tais casos, é instante de terminar.

{ΟΡ.}
    πῶς οὖν ἔχει τἀντεῦθεν εἰσιόντι μοι;

{ΠΑ.}
1340 καλῶς· ὑπάρχει γάρ σε μὴ γνῶναί τινα.

{ΟΡ.}
    ἤγγειλας, ὡς ἔοικεν, ὡς τεθνηκότα.

{ΠΑ.}
    εἷς τῶν ἐν Ἅιδου μάνθαν᾽ ἐνθάδ᾽ ὢν ἀνήρ.

{ΟΡ.}
    χαίρουσιν οὖν τούτοισιν; ἢ τίνες λόγοι;

{ΠΑ.}
    τελουμένων εἴποιμ᾽ ἄν· ὡς δὲ νῦν ἔχει
1345 καλῶς τὰ κείνων πάντα, καὶ τὰ μὴ καλῶς.

{ΗΛ.}
    τίς οὗτός ἐστ᾽, ἀδελφέ; πρὸς θεῶν φράσον.

{ΟΡ.}
    οὐχὶ ξυνίης;

{ΗΛ.}
          οὐδέ γ᾽ †ἐς θυμὸν φέρω†.

{ΟΡ.}
    οὐκ οἶσθ᾽ ὅτῳ μ᾽ ἔδωκας ἐς χεῖράς ποτε;

ORESTES
>   Como está por lá para minha entrada?

PRECEPTOR
1340 Bem, pois vale ninguém te conhecer.

ORESTES
>   Anunciaste, parece, que estou morto.

PRECEPTOR
>   Sabe que és aqui um varão no Hades.

ORESTES
>   Alegram-se com isso ou o que dizem?

PRECEPTOR
>   Ao término, eu diria. Mas agora que
1345 tudo com eles está bem, não está bem.

ELECTRA
>   Quem é ele, irmão? Por Deuses, diz!

ORESTES
>   Não compreendes?

ELECTRA
>   Não tenho noção.

ORESTES
>   Não sabes a quem me deste em mãos?

{ΗΛ.}
   ποίῳ; τί φωνεῖς;

{ΟΡ.}
               οὔ τὸ Φωκέων πέδον
1350   ὑπεξεπέμφθην σῇ προμηθίᾳ χεροῖν.

{ΗΛ.}
   ἦ κεῖνος οὗτος ὅν ποτ' ἐκ πολλῶν ἐγὼ
   μόνον προσεῦρον πιστὸν ἐν πατρὸς φόνῳ;

{ΟΡ.}
   ὅδ' ἐστί. μή μ' ἔλεγχε πλείοσιν λόγοις.

{ΗΛ.}
   ὦ φίλτατον φῶς, ὦ μόνος σωτὴρ δόμων
1355   Ἀγαμέμνονος, πῶς ἦλθες; ἦ σὺ κεῖνος εἶ
   ὃς τόνδε κἄμ' ἔσωσας ἐκ πολλῶν πόνων;
   ὦ φίλταται μὲν χεῖρες, ἥδιστον δ' ἔχων
   ποδῶν ὑπηρέτημα, πῶς οὕτω πάλαι
   ξυνών μ' ἔληθες οὐδ' ἔφαινες, ἀλλά με
1360   λόγοις ἀπώλλυς, ἔργ' ἔχων ἥδιστ' ἐμοί;
   χαῖρ', ὦ πάτερ· πατέρα γὰρ εἰσορᾶν δοκῶ·
   χαῖρ'· ἴσθι δ' ὡς μάλιστά σ' ἀνθρώπων ἐγὼ
   ἤχθηρα κἀφίλησ' ἐν ἡμέρᾳ μιᾷ.

{ΠΑ.}
   ἀρκεῖν δοκεῖ μοι· τοὺς γὰρ ἐν μέσῳ λόγους –
1365   πολλαὶ κυκλοῦνται νύκτες ἡμέραι τ' ἴσαι,
   αἳ ταῦτά σοι δείξουσιν, Ἠλέκτρα, σαφῆ.
   σφῷν δ' ἐννέπω 'γὼ τοῖν παρεστώτοιν ὅτι
   νῦν καιρὸς ἔρδειν· νῦν Κλυταιμήστρα μόνη·

ELECTRA
 Quem? Que dizes?

ORESTES
  Ele que à Fócida
1350 levou-me consigo por tua precaução.

ELECTRA
 Ele é aquele entre muitos único leal
 que descobri quando foi morto o pai?

ORESTES
 É ele. Não me faças mais perguntas.

ELECTRA
 Ó caríssima luz, ó único a salvar a casa
1355 de Agamêmnon, como vieste? Tu és ele,
 que o salvaste e a mim de muitos males?
 Ó caríssimos braços, com o mais doce
 auxílio de pés, como estás despercebido
 comigo há tanto tempo, nem afagas, mas
1360 com falas me matas com ato o mais doce
 para mim? Salve, ó pai! Creio ver o pai,
 salve! Sabe que foste entre os homens
 o mais odiado e amado num único dia.

PRECEPTOR
 Basta, parece-me. As falas intermédias,
1365 muitas noites e dias iguais circularão
 os quais as mostrarão deveras, Electra.
 A ambos vós presentes vos digo que
 agora é hora de agir. Agora Clitemnestra

νῦν οὔτις ἀνδρῶν ἔνδον· εἰ δ' ἐφέξετον,
1370 φροντίζεθ' ὡς τούτοις τε καὶ σοφωτέροις
ἄλλοισι τούτων πλείοσιν μαχούμενοι.

{ΟΡ.}
οὐκ ἂν μακρῶν ἔθ' ἡμὶν οὐδὲν ἂν λόγων,
Πυλάδη, τόδ' εἴη τοὔργον, ἀλλ' ὅσον τάχος
χωρεῖν ἔσω, πατρῷα προσκύσανθ' ἕδη
1375 θεῶν, ὅσοιπερ πρόπυλα ναίουσιν τάδε.

{ΗΛ.}
ἄναξ Ἄπολλον, ἵλεως αὐτοῖν κλύε,
ἐμοῦ τε πρὸς τούτοισιν, ἥ σε πολλὰ δὴ
ἀφ' ὧν ἔχοιμι λιπαρεῖ προὔστην χερί.
νῦν δ', ὦ Λύκει' Ἄπολλον, ἐξ οἵων ἔχω
1380 αἰτῶ, προπίτνω, λίσσομαι, γενοῦ πρόφρων
ἡμῖν ἀρωγὸς τῶνδε τῶν βουλευμάτων
καὶ δεῖξον ἀνθρώποισι τἀπιτίμια
τῆς δυσσεβείας οἷα δωροῦνται θεοί.

está só, agora nenhum varão em casa.
1370 Se tardais, cuidai que combatereis com
eles e com mais e mais hábeis que eles.

ORESTES

Não temos mais nada de longas falas,
Pílades, eis a obra, mas quanto antes
entrar após saudar os pátrios altares
1375 dos Deuses que habitam estas portas.

ELECTRA

Rei Apolo, ouve-os propício e com eles
a mim, a qual muitas vezes te ofereci
com as mãos súplices o de que dispunha.
Agora, ó lupino Apolo, tal qual estou,
1380 peço-te, rogo-te, suplico-te, sê solícito
conosco, auxiliador destas decisões,
e mostra aos homens qual a punição
da impiedade tal qual os Deuses dão.

{ΧΟ.}
{STR. 1} ἴδεθ᾽ ὅπου προνέμεται
1385 τὸ δυσέριστον αἷμα φυσῶν Ἄρης.
βεβᾶσιν ἄρτι δωμάτων ὑπόστεγοι
μετάδρομοι κακῶν πανουργημάτων
ἄφυκτοι κύνες,
ὥστ᾽ οὐ μακρὰν ἔτ᾽ ἀμμενεῖ
1390 τοὐμὸν φρενῶν ὄνειρον αἰωρούμενον.

{ANT.1} παράγεται γὰρ ἐνέρων
δολιόπους ἀρωγὸς εἴσω στέγας,
ἀρχαιόπλουτα πατρὸς εἰς ἑδώλια,
νεακόνητον αἷμα χειροῖν ἔχων·
1395 ὁ Μαίας δὲ παῖς
Ἑρμῆς σφ᾽ ἄγει δόλον σκότῳ
κρύψας πρὸς αὐτὸ τέρμα κοὐκέτ᾽ ἀμμένει.

[TERCEIRO ESTÁSIMO (1384-1397)]

CORO

EST.   Vede por onde avança
1385   Ares respirando o litigante sangue.
         Agora estão sob o teto de casa
         as vingadoras de malfeitorias,
         infalíveis cadelas,
         não aguardará por mais tempo
1390   o sonho suspenso de meu ânimo.

ANT.   Entra com os pés furtivos
         o defensor dos ínferos em casa,
         sede de prisca opulência paterna
         com recém-afiada morte nas mãos.
1395   O filho de Maia
         Hermes oculto lhes leva ao termo
         dolo nas trevas e não mais aguarda.

{ΗΛ.}
{STR.} ὦ φίλταται γυναῖκες, ἄνδρες αὐτίκα
τελοῦσι τοὔργον· ἀλλὰ σῖγα πρόσμενε.

{ΧΟ.}
πῶς δή; τί νῦν πράσσουσιν;

{ΗΛ.}
ἡ μὲν ἐς τάφον
1401 λέβητα κοσμεῖ, τὼ δ' ἐφέστατον πέλας.

{ΧΟ.}
σὺ δ' ἐκτὸς ᾖξας πρὸς τί;

{ΗΛ.}
φρουρήσουσ' ὅπως
Αἴγισθος <ἡμᾶς> μὴ λάθῃ μολὼν ἔσω.

{ΚΛ.}
αἰαῖ. ἰὼ στέγαι
1405 φίλων ἔρημοι, τῶν δ' ἀπολλύντων πλέαι.

{ΗΛ.}
βοᾷ τις ἔνδον. οὐκ ἀκούετ', ὦ φίλαι;

{ΧΟ.}
ἤκουσ' ἀνήκουστα δύσ-
τανος, ὥστε φρῖξαι.

[DIÁLOGO LÍRICO (1398-1441)]

ELECTRA
EST.   Ó caríssimas mulheres, os varões logo
        perfarão o trabalho, aguardai em silêncio.

CORO
        Como? Que fazem agora?

ELECTRA
                        Ela prepara
1401   a urna para a sepultura, eles estão perto.

CORO
        Por que vieste fora?

ELECTRA
                        Para cuidar
        que Egisto não entre despercebido.

CLITEMNESTRA
        Aiaî, iò casa
1405   erma de amigos, cheia de matadores.

ELECTRA
        Alguém grita dentro. Não ouvis, amigas?

CORO
        Ouvi audível a infeliz
        de modo a arrepiar.

{ΚΛ.}
    οἴμοι τάλαιν'· Αἴγισθε, ποῦ ποτ' ὢν κυρεῖς;

{ΗΛ.}
1410   ἰδοὺ μάλ' αὖ θροεῖ τις.

{ΚΛ.}
                ὦ τέκνον, τέκνον,
οἴκτιρε τὴν τεκοῦσαν.

{ΗΛ.}
                ἀλλ' οὐκ ἐκ σέθεν
ᾠκτίρεθ' οὗτος οὔθ' ὁ γεννήσας πατήρ.

{ΧΟ.}
ὦ πόλις, ὦ γενεὰ τάλαινα, νῦν σοι
μοῖρα καθαμερία φθίνει φθίνει.

{ΚΛ.}
1415   ὤμοι πέπληγμαι.

{ΗΛ.}
              παῖσον, εἰ σθένεις, διπλῆν.

{ΚΛ.}
    ὤμοι μάλ' αὖθις.

{ΗΛ.}
              εἰ γὰρ Αἰγίσθῳ γ' ὁμοῦ.

{ΧΟ.}
    τελοῦσ' ἀραί· ζῶσιν οἱ

CLITEMNESTRA
    Oímoi, mísera! Ó Egisto, onde estás?

ELECTRA
1410   Ouve, de novo grita!

CLITEMNESTRA
                  Ó filho, filho,
apieda-te da genitora.

ELECTRA
                  Mas de ti nem
ele nem o pai genitor obteve piedade.

CORO
    Ó urbe, ó geração mísera, agora
tua parte cotidiana finda, finda.

CLITEMNESTRA
1415   *Ómoi*, estou ferida!

ELECTRA
                  Fere duplo, se podes.

CLITEMNESTRA
    Ómoi outra vez!

ELECTRA
                  Fosse junto Egisto!

CORO
    Cumprem-se preces. Vivem

γᾶς ὑπαὶ κείμενοι.
1420 παλίρρυτον γὰρ αἷμ' ὑπεξαιροῦσι τῶν κτανόντων
οἱ πάλαι θανόντες.

{ΧΟ.}
{ΑΝΤ.} καὶ μὴν πάρεισιν οἵδε· φοινία δὲ χεὶρ
στάζει θυηλῆς Ἄρεος, οὐδ' ἔχω ψέγειν.

{ΗΛ.}
Ὀρέστα, πῶς κυρεῖ τάδ';

{ΟΡ.}
ἐν δόμοισι μὲν
1425 καλῶς, Ἀπόλλων εἰ καλῶς ἐθέσπισεν.

{ΗΛ.}
τέθνηκεν ἡ τάλαινα;

{ΟΡ.}
μηκέτ' ἐκφοβοῦ
μητρῷον ὥς σε λῆμ' ἀτιμάσει ποτέ.

{ΗΛ.}
⟨ ∪ ∪ – ∪ ×
× – ∪ – × – ∪ – × – ∪ –

{ΟΡ.}
⟨ × – ∪ – × – ∪ – × – ∪ ⟩

{ΧΟ.}
παύσασθε, λεύσσω γὰρ Αἴ-
γισθον ἐκ προδήλου.

os que subjazem nos ínferos.
1420 Derramam refluente sangue
dos matadores os já mortos.

ANT. Estão presentes, cruenta mão
verte oferta a Ares, não reprovo.

ELECTRA
Orestes, como está?

ORESTES
Em casa
1425 está bem, se Apolo bem vaticinou.

ELECTRA
Está morta a mísera?

ORESTES
Já não temas
ainda te desonrar a audácia materna.

ELECTRA
<..........
.............>

ORESTES
<.......................>

CORO
Cessai, pois estou vendo
Egisto bem à vista.

{ΟΡ.}
⟨ × – ◡ – × – ◡ – × – ◡ – ⟩

{ΗΛ.}
1430 ὦ παῖδες, οὐκ ἄψορρον;

{ΟΡ.}
εἰσορᾶτε ποῦ
τὸν ἄνδρ';

{ΗΛ.}
ἐφ' ἡμῖν οὗτος; ἐκ προαστίου
χωρεῖ γεγηθὼς ⟨ ◡ – × – ◡ – ⟩.

{ΧΟ.}
βᾶτε κατ' ἀντιθύρων ὅσον τάχιστα,
νῦν, τὰ πρὶν εὖ θέμενοι, τάδ' ὡς πάλιν –

{ΟΡ.}
1435 θάρσει· τελοῦμεν.

{ΗΛ.}
ᾗ νοεῖς ἔπειγε νῦν.

{ΟΡ.}
καὶ δὴ βέβηκα.

{ΗΛ.}
τἀνθάδ' ἂν μέλοιτ' ἐμοί.

{ΧΟ.}
δι' ὠτὸς ἂν παῦρά γ' ὡς
ἠπίως ἐννέπειν
1440 πρὸς ἄνδρα τόνδε συμφέροι, λαθραῖον ὡς ὀρούσῃ
πρὸς δίκας ἀγῶνα.

ORESTES
      < . . . . >

ELECTRA
1430   Ó filhos, não retornais?

ORESTES
                        Vedes onde
está o varão?

ELECTRA
                 Ele nos vem jubiloso
do subúrbio. < . . . . >

CORO
    Ide-vos do vestíbulo quanto antes,
    já! Antes benfeito, fazei de novo!

ORESTES
1435   Confia! Faremos, sim!

ELECTRA
                     Vês? Vai!

ORESTES
    Fui!

ELECTRA
         Disto aqui eu cuidaria!

CORO
    Conviria verter no ouvido
    do varão poucas e doces
1440   palavras para se precipitar
    secreto combate por Justiça.

{ΑΙΓΙΣΘΟΣ}
τίς οἶδεν ὑμῶν ποῦ ποθ' οἱ Φωκῆς ξένοι,
οὕς φασ' Ὀρέστην ἡμὶν ἀγγεῖλαι βίον
λελοιπόθ' ἱππικοῖσιν ἐν ναυαγίοις;
1445 σέ τοι, σὲ κρίνω, ναὶ σὲ, τὴν ἐν τῷ πάρος
χρόνῳ θρασεῖαν· ὡς μάλιστά σοὶ μέλειν
οἶμαι, μάλιστα δ' ἂν κατειδυῖαν φράσαι.

{ΗΛ.}
ἔξοιδα· πῶς γὰρ οὐχί; συμφορᾶς γὰρ ἂν
ἔξωθεν εἴην τῶν ἐμῶν γε φιλτάτων.

{ΑΙ.}
1450 ποῦ δῆτ' ἂν εἶεν οἱ ξένοι; δίδασκέ με.

{ΗΛ.}
ἔνδον· φίλης γὰρ προξένου κατήνυσαν.

{ΑΙ.}
ἦ καὶ θανόντ' ἤγγειλαν ὡς ἐτητύμως;

{ΗΛ.}
οὔκ, ἀλλὰ κἀπέδειξαν, οὐ λόγῳ μόνον.

{ΑΙ.}
πάρεστ' ἄρ' ἡμῖν ὥστε κἀμφανῆ μαθεῖν;

[ÊXODO (1442-1510)]

EGISTO
>Quem de vós sabe onde hóspedes fócios
>tidos por núncios de que Orestes perdeu
>a vida em naufrágio de certame equestre?
1445 >A ti te indago, sim, a ti, a que no anterior
>tempo eras audaz, a ti máxime te incumbe,
>creio, dizer máxime o que poderias saber.

ELECTRA
>Estou sabendo. Como não? Estivesse eu
>fora da conjuntura dos meus mais caros!

EGISTO
1450 >Onde estariam os hóspedes? Responde-me.

ELECTRA
>Em casa. Chegaram à sua cara hospedeira.

EGISTO
>E eles anunciaram que deveras morreu?

ELECTRA
>Não, não só por palavra, mas mostraram.

EGISTO
>É possível por evidência nos informar?

{ΗΛ.}
1455 πάρεστι δῆτα καὶ μάλ' ἄζηλος θέα.

{ΑΙ.}
ἦ πολλὰ χαίρειν μ' εἶπας οὐκ εἰωθότως.

{ΗΛ.}
χαίροις ἄν, εἴ σοι χαρτὰ τυγχάνει τάδε.

{ΑΙ.}
οἴγειν πύλας ἄνωγα κἀναδεικνύναι
πᾶσιν Μυκηναίοισιν Ἀργείοις θ' ὁρᾶν,
1460 ὡς εἴ τις αὐτῶν ἐλπίσιν κεναῖς πάρος
ἐξῄρετ' ἀνδρὸς τοῦδε, νῦν ὁρῶν νεκρὸν
στόμια δέχηται τἀμά, μηδὲ πρὸς βίαν
ἐμοῦ κολαστοῦ προστυχὼν φύσῃ φρένας.

{ΗΛ.}
καὶ δὴ τελεῖται τἀπ' ἐμοῦ· τῷ γὰρ χρόνῳ
1465 νοῦν ἔσχον, ὥστε συμφέρειν τοῖς κρείσσοσιν.

{ΑΙ.}
ὦ Ζεῦ, δέδορκα φάσμ' ἄνευ φθόνου μὲν οὐ
πεπτωκός· εἰ δ' ἔπεστι νέμεσις οὐ λέγω.
χαλᾶτε πᾶν κάλυμμ' ἀπ' ὀφθαλμῶν, ὅπως
τὸ συγγενές τοι κἀπ' ἐμοῦ θρήνων τύχῃ.

{ΟΡ.}
1470 αὐτὸς σὺ βάσταζ'. οὐκ ἐμὸν τόδ', ἀλλὰ σόν,
τὸ ταῦθ' ὁρᾶν τε καὶ προσηγορεῖν φίλως.

ELECTRA
1455 É possível, sim, até a indesejável visão.

EGISTO
Muitas saudações me dizes inabituais.

ELECTRA
Saudações, se por sorte saudável fosse.

EGISTO
Ordeno que abram as portas e exponham
às vistas de todos os micênios e argivos,
1460 que se alguém com esperanças vãs antes
se exaltava por este varão, ao vê-lo morto,
aceite os meus freios, sem obter à força
de meu castigo a inspiração do espírito.

ELECTRA
E eis que feito por mim, pois a tempo
1465 tive o tino de servir meus superiores.

EGISTO
Ó Zeus, vejo visão não sem reserva
decaída, não digo se Vindita preside.
Soltai todo o véu dos olhos para que
o parentesco obtenha de mim pranto.

ORESTES
1470 Ergue tu, isso não é meu, mas é teu,
ver e saudar o aparentado é o mesmo.

{ΑΙ.}
    ἀλλ᾽ εὖ παραινεῖς, κἀπιπείσομαι· σὺ δέ,
    εἴ που κατ᾽ οἶκον ἡ Κλυταιμήστρα, κάλει.

{ΟΡ.}
    αὕτη πέλας σοῦ· μηκέτ᾽ ἄλλοσε σκόπει.

{ΑΙ.}
    οἴμοι, τί λεύσσω;

{ΟΡ.}
                τίνα φοβῇ; τίν᾽ ἀγνοεῖς;

{ΑΙ.}
1476   τίνων ποτ᾽ ἀνδρῶν ἐν μέσοις ἀρκυστάτοις
    πέπτωχ᾽ ὁ τλήμων;

{ΟΡ.}
                οὐ γὰρ αἰσθάνῃ πάλαι
    ζῶν τοῖς θανοῦσιν οὕνεκ᾽ ἀνταυδᾷς ἴσα;

{ΑΙ.}
    οἴμοι, ξυνῆκα τοὔπος· οὐ γὰρ ἔσθ᾽ ὅπως
1480   ὅδ᾽ οὐκ Ὀρέστης ἔσθ᾽ ὁ προσφωνῶν ἐμέ.

{ΟΡ.}
    καὶ μάντις ὢν ἄριστος ἐσφάλλου πάλαι;

{ΑΙ.}
    ὄλωλα δὴ δείλαιος. ἀλλά μοι πάρες
    κἂν σμικρὸν εἰπεῖν.

EGISTO
　　Bem aconselhas, seguirei. Tu, porém,
　　se Clitemnestra está em casa, chama.

ORESTES
　　Ei-la perto de ti, não busques alhures.

EGISTO
　　Oímoi, que vejo?

ORESTES
　　　　　　Que temes? Que negas?

EGISTO
1476　De que varões eu mísero caí no meio
　　das redes?

ORESTES
　　　　　　Não percebes que há muito
　　vives com mortos correspondente igual?

EGISTO
　　Oímoi, compreendo a palavra, pois que
1480　não é senão Orestes o meu interlocutor.

ORESTES
　　Ainda que exímio vate, erraste agora?

EGISTO
　　Perdi, mísero! Mas permite-me ainda
　　que breve fala.

{ΗΛ.}
μὴ πέρα λέγειν ἔα,
πρὸς θεῶν, ἀδελφέ, μηδὲ μηκύνειν λόγους.
1485 [τί γὰρ βροτῶν ἂν σὺν κακοῖς μεμειγμένων
θνήσκειν ὁ μέλλων τοῦ χρόνου κέρδος φέροι;]
ἀλλ᾽ ὡς τάχιστα κτεῖνε καὶ κτανὼν πρόθες
ταφεῦσιν ὧν τόνδ᾽ εἰκός ἐστι τυγχάνειν,
ἄποπτον ἡμῶν. ὡς ἐμοὶ τόδ᾽ ἂν κακῶν
1490 μόνον γένοιτο τῶν πάλαι λυτήριον.

{ΟΡ.}
χωροῖς ἂν εἴσω σὺν τάχει· λόγων γὰρ οὐ
νῦν ἐστιν ἀγών, ἀλλὰ σῆς ψυχῆς πέρι.

{ΑΙ.}
τί δ᾽ ἐς δόμους ἄγεις με; πῶς, τόδ᾽ εἰ καλὸν
τοὔργον, σκότου δεῖ, κοὐ πρόχειρος εἶ κτανεῖν;

{ΟΡ.}
1495 μὴ τάσσε· χώρει δ᾽ ἔνθαπερ κατέκτανες
πατέρα τὸν ἀμόν, ὡς ἂν ἐν ταὐτῷ θάνῃς.

{ΑΙ.}
ἦ πᾶσ᾽ ἀνάγκη τήνδε τὴν στέγην ἰδεῖν
τά τ᾽ ὄντα καὶ μέλλοντα Πελοπιδῶν κακά;

{ΟΡ.}
τὰ γοῦν σ᾽· ἐγώ σοι μάντις εἰμὶ τῶνδ᾽ ἄκρος.

{ΑΙ.}
1500 ἀλλ᾽ οὐ πατρῴαν τὴν τέχνην ἐκόμπασας.

ELECTRA
Não o deixes falar mais,
por Deuses, irmão, nem alongar as falas.
1485 [Quando mortais se misturam com males,
que ganho de tempo teria quem morrerá?]
Mata o mais rápido, e após matar expõe
a funerais que ele parece obter por sorte
fora de nossa vista porque isso para mim
1490 seria a única libertação dos antigos males.

ORESTES
Poderias entrar depressa, pois o combate
agora não é de palavras, mas de tua vida.

EGISTO
Por que me levas para casa? Se é belo este
ato, pede trevas e não te dispões a matar?

ORESTES
1495 Não ordenes, caminha para onde mataste
meu pai para que no mesmo lugar morras.

EGISTO
É de todo necessário que esta casa veja
os presentes e futuros males dos Pelópidas?

ORESTES
Os teus, sim; disto eu te sou exímio vate.

EGISTO
1500 Mas não do pai tens a arte de que te gabas.

{ΟΡ.}
πόλλ' ἀντιφωνεῖς, ἡ δ' ὁδὸς βραδύνεται.
ἀλλ' ἕρφ'.

{ΑΙ.}
ὑφηγοῦ.

{ΟΡ.}
σοὶ βαδιστέον πάρος.

{ΑΙ.}
ἦ μὴ φύγω σε;

{ΟΡ.}
μὴ μὲν οὖν καθ' ἡδονὴν
θάνῃς· φυλάξαι δεῖ με τοῦτό σοι πικρόν.
1505 χρῆν δ' εὐθὺς εἶναι τήνδε τοῖς πᾶσιν δίκην,
ὅστις πέρα πράσσειν γε τῶν νόμων θέλοι,
κτείνειν· τὸ γὰρ πανοῦργον οὐκ ἂν ἦν πολύ.

{ΧΟ.}
ὦ σπέρμ' Ἀτρέως, ὡς πολλὰ παθὸν
δι' ἐλευθερίας μόλις ἐξῆλθες
1510 τῇ νῦν ὁρμῇ τελεωθέν.

ORESTES
Muitas vezes ressoas e a marcha se alerda,
mas anda!

EGISTO
Conduz!

ORESTES
Tu deves ir na frente.

EGISTO
Para que não fuja?

ORESTES
Não por prazer
morras! Devo observar que te doa.
1505 A justiça devia ser direta para todos,
matar a quem quisesse estar acima
das leis; o atrevido não seria tanto.

CORO
Ó semente de Atreu, com quanta
dor por liberdade a custo vieste
1510 perfeito pela investida de agora.

Glossário Mitológico de *Electra*
Antropônimos, Teônimos e Topônimos

Beatriz de Paoli
Jaa Torrano

A

AGAMÊMNON – rei de Argos, líder da expedição argiva contra Troia; filho de Atreu, irmão de Menelau, marido de Clitemnestra e pai de Orestes, Electra, Ifigênia e Crisótemis. 2, 124, 694, 1355.

AGAMEMNÔNIDA – filho de Agamêmnon; isto é, Orestes. 181.

ANFIARAU – adivinho, filho de Ecles; derrotados os argivos em sua expedição contra Tebas, Anfiarau fugiu em seu carro e, quando estava prestes a ser morto pelas costas por seu perseguidor, Zeus, não permitindo que assim sucumbisse, com um golpe de seu raio entreabriu a terra sob os passos do herói, que o engoliu com seu carro e seus cavalos. 837.

APOLO – filho de Zeus e Leto, Deus com os atributos da adivinhação, do arco, da música, da peste e da purificação. 655, 1376, 1379, 1425.

AQUERONTE – rio dos ínferos, através do qual as almas dos mortos eram conduzidas pelo barqueiro Caronte. 183.

AQUEU – denominação homérica dos gregos; habitantes do Peloponeso por oposição a "gregos" (*héllenes*) habitantes do norte da Grécia. 701.

ARES – filho de Zeus e Hera, Deus belicoso, que se manifesta na carnificina. 96, 1242, 1385, 1423.

ARGIVO – de Argos ou da Argólida e, por extensão, os gregos. 535, 1459.

ARGÓLIDA – região do Peloponeso. 4.

Ártemis – Deusa filha de Leto e de Zeus, irmã de Apolo, associada à vida feminina (infância, casamento e parto); senhora das feras, caçadora sagitária, domina os territórios selvagens. 563, 626, 1239.

Atenas – cidade da região da Ática, protegida da Deusa Atena; no século v a.c., tornou-se um importante centro político e cultural. 707, 731.

Atreu – filho de Pélops e Hipodâmia, irmão de Tiestes, com quem disputou o trono de Micenas. 1508.

Atridas – os filhos de Atreu, Agamêmnon e Menelau, ou seus descendentes. 651, 1068.

Áulida – porto da Beócia, à margem do Euripo, defronte de Cálcida. 564.

B

Barce – cidade a oeste de Cirene, no norte da Líbia. 727.

Benévola (*Euphróne*) – antífrase para designar a Deusa Noite. 19.

Beócio – nativo, ou relativo à Beócia, região da Grécia Central. 708.

C

Céu (*Ouranós*) – Deus nascido e parceiro da Deusa Terra; morada dos Deuses, nesse sentido é sinônimo de Éter (*Aithér*) e de Olimpo *(Ólympos)*. 174.

Ciúme (*Phthónos*) – depreciação ruinosa dos Deuses aos homens por ostentarem orgulho e prosperidade excessivos. 1466.

Clitemnestra – filha de Tíndaro e Leda, e esposa de Agamêmnon; após o retorno de Agamêmnon da guerra de Troia, Clitemnestra, em conluio com seu amante, Egisto, mata-o e, por sua vez, é morta por seu próprio filho, Orestes. 1368, 1473.

Crisa – cidade da Fócida. 182, 730.

Crisótemis – filha de Agamêmnon e Clitemnestra, irmã de Orestes, Electra e Ifigênia. 157, 326.

D

Délfico – relativo a Delfos, cidade situada no sopé do monte Parnaso, na Fócida, sede do mais ilustre oráculo de Apolo, considerada "o umbigo da Terra", isto é, o ponto equidistante dos extremos confins. 682.

E

Egisto – filho de Tiestes, amante de Clitemnestra e assassino de Agamêmnon. 98, 267, 386, 421, 517, 627, 661, 667, 957, 964, 1101, 1107, 1290, 1308, 1403, 1409, 1416, 1429.

Electra – filha de Agamêmnon e Clitemnestra, irmã de Orestes, apoiou o irmão no assassinato da mãe, em obediência ao oráculo de Delfos, que ordenava a punição da morte do pai. 80, 122, 311, 1171, 1177, 1366.

Eniano – nativo de Ênia, cidade da Etólia, região da Grécia continental, a oeste de Delfos e ao sudeste de Epiro. 725.

Erínis, Erínies – Deusas, filhas da Noite, ou nascidas do sangue de Céu (Urano) caído sobre a Terra, ao ser castrado por Crono, punidoras de transgressões. 112, 276, 491, 1080.

Eros – um dos Deuses primordiais; acompanha a Deusa Afrodite. 197.

Erronia (*Áte*) – cegueira do espírito e suas consequências desastrosas. 216, 224, 235, 235, 1002, 1298.

Espartano – nativo de Esparta, capital da Lacônia, no Peloponeso. 701.

Estrófio – rei de Crisa, na Fócida, cunhado de Agamêmnon (desposou sua irmã Anaxíbia), pai de Pílades, criou o sobrinho Orestes. 1111.

Etólio – nativo da Etólia, região da Grécia continental, a oeste de Delfos e ao sudeste de Epiro. 704.

F

Fanoteu – herói epônimo de cidade da Fócida, irmão gêmeo e inimigo de Criso, herói epônimo de Crisa e pai de Estrófio, a quem Orestes foi enviado após a morte de Agamêmnon. 45, 670.

Febo (*Phoîbos*, "luminoso") – epíteto de Apolo. 35, 637.

Fócida – região da Grécia continental, ao sul de Delfos. 1107, 1349.

Fócio – nativo ou relativo a Fócida. 45, 670, 759, 1442.

G

Grécia – Hélade, país dos gregos ou helenos. 682, 695.

H

Hades – Deus dos ínferos e dos mortos, irmão de Zeus. 110, 138, 463, 542, 835, 949, 1342.

Hefesto – Deus do fogo e da metalurgia, filho de Zeus e Hera; fogo, visto como manifestação do Deus. 888.

Heleno(s) – habitante(s) do norte da Grécia e, por extensão, de toda a Grécia, dita também Hélade. 483.

Hera – Deusa do casamento como instituição social, irmã e esposa de Zeus, filha de Crono e Reia. 8.

Hermes – Deus filho de Zeus e de Maia, arauto dos imortais. 111, 1396.

I

Ifianassa – filha de Agamêmnon, identificada com Ifigênia em Homero, mas distinta dela em Sófocles. 157.

Ílion – antigo nome de Troia. 574.

Ínaco – Deus rio, filho de Oceano e Tétis, rei de Argos e pai de Io. 5.

Ítis – filho de Tereu e Procne. O rei trácio Tereu auxilia o ateniense Pandíon na guerra contra o tebano Lábdaco; após a vitória, recebe em casamento a filha de Pandíon Procne. Tereu viola a irmã de Procne Filomela e lhe corta a língua para ocultar o crime, mas Filomela o denuncia à irmã por meio de um bordado. Para se vingar, Procne mata Ítis. Perseguida por Tereu, pede socorro aos Deuses, que a transformam em rouxinol. Assim com o seu canto Procne lamentava a morte que dera a seu filho Ítis. 148.

J

Justiça (*Díke*) – Deusa filha de Zeus e Têmis, uma das três Horas ("Estações do ano"). 476, 528, 1041, 1042, 1211, 1212, 1255, 1441, 1505.

L

Leto – Deusa filha do Titã Ceo e da Titânide Febe, mãe de Apolo e Ártemis. 570.

Líbio – nativo ou relativo a Líbia, região do norte da África. 702.

Lóxias – epíteto de Apolo (significa "luminoso" ou, na tradição popular, "oblíquo"). 82.

Lupino (*Lýkeios*) – epíteto de Apolo, *Lýkeios* pode significar "lupino" (*lýkos*, "lobo"), ou "lício" (*Lykía*, região da Ásia Menor), ou ainda "luminoso" (cf. lat. *luceo, lux, luna* etc.). 7, 645, 655, 1379.

M

MAGNÉSIA – cidade da Tessália. 705.

MAIA – ninfa do monte Cilene, na Arcádia, filha de Atlas e mãe de Hermes. 1395.

MENELAU – rei de Esparta, irmão de Agamêmnon, marido de Helena. 538, 545, 576.

MICENAS – cidade do nordeste da planície de Argos, às vezes equivalente de Argos. 9.

MICÊNIO – relativo à cidade de Micenas; habitante de Micenas; por equivalência de Argos a Micenas, às vezes designa o habitante de Argos. 161, 423, 1459.

MÍRTILO – cocheiro de Enômao, que, subornado por Pélops, lhe sabotou o carro e provocou sua morte. Teria sido morto atirado ao mar por Pélops ou para não pagar o suborno ou por tentar violar Hipodâmia, filha de Enômao e esposa de Pélops. 509.

N

NÍOBE – filha de Tântalo, irmã de Pélops e esposa de Anfíon; vaidosa, declarou-se com mais filhos e filhas do que a Deusa Leto, que tem somente dois, Apolo e Ártemis; ofendida, a Deusa pediu a seus filhos que a punisse, e com flechas Apolo lhe matou os filhos e Ártemis, as filhas. 150.

NOITE (*Nýx*) – Deusa filha de Caos, mãe de Sono, Morte e outras potestades destrutivas. 91, 203.

O

OLÍMPIO – epíteto de Zeus e dos Deuses filhos de Zeus, que habitam o Olimpo. 209.

ORESTES – filho de Agamêmnon e Clitemnestra, matou a mãe, em obediência ao oráculo de Delfos, para vingar a morte do pai. 6, 15, 48, 163, 294, 297, 303, 455, 602, 673, 676, 694, 734, 789, 795, 808, 877, 904, 915, 933, 1111, 1117, 1257, 1172, 1210, 1216, 1217, 1228, 1424, 1443, 1480.

P

Parte(s) (*Moîra, Moîrai*) – três Deusas, filhas de Zeus e Têmis, dão aos homens a participação em bens e em males; Hesíodo as denominou: "Fiandeira" (*Klothó*), "Distributriz" (*Lákhesis*) e "Inflexível" (*Átropos*). 1414.

Pelópidas – descendentes de Pélops. 10, 1498.

Pélops – filho de Tântalo, mudou-se da Ásia Menor para a Lacônia e deu nome ao Peloponeso, pai de Atreu e Tiestes. 505.

Perséfone – Deusa dos ínferos e dos mortos, esposa de Hades, filha de Zeus e Deméter. 110.

Piedade (*Eusébeia*) – veneração e respeito aos Deuses. 250.

Pílades – filho de Estrófio e Anaxíbia, irmã de Agamêmnon, amigo fiel de seu primo Orestes. 16, 1373.

Pítico – relativo a Delfos, cujo antigo nome é Pito. 32.

Pítio – epíteto de Apolo, cultuado em Delfos, cujo antigo nome é Pito. 50.

Praga (*Ará*) – imprecação, entendida como poder numinoso que pune o criminoso. 111.

Pudor (*Aidós*) – temor respeitoso, sentimento de honra. 249.

R

Rouxinol (*aedón*) – Dito "filicida" porque antes de ser transformada em rouxinol pelos Deuses Procne matou o filho Ítis para se vingar do marido Tereu, sendo seu canto considerado a lamentação dessa morte. Também é dito "núncio de Zeus" (*Diòs ángelos*, 150) porque seu canto anuncia a primavera e o ano novo, sendo as Horas (estações) filhas de Zeus. 107, 1077.

S

Sol (*Hélios*) – Deus filho do Titã Hipérion e da Titânide Teia. 17, 425, 698, 824.

Sorte (*Týkhe*, "golpe") – Nume interveniente no curso da vida humana. 48.

T

Têmis – Deusa filha do Céu e da Terra, esposa de Zeus, mãe da Justiça e das Partes. 1064.

TEMPO (*Khrónos*) – não se confunde com Crono (*Krónos*), pai de Zeus. 179, 1253.

TESSÁLIO – nativo ou relativo a Tessália, região da Grécia setentrional. 704.

TROIA – cidade da Tróade, na Ásia Menor. 1.

V

VELHICE (*Gêras*) – Deusa filha da Noite. 42.

VINDITA (*Némesis*) – poder numinoso que pune orgulho e prosperidade excessivos. 792, 1467.

VIOLÊNCIA (*Bía*) – Deusa filha de Estige, assistente de Zeus. 256.

Z

ZEUS – Deus supremo, filho de Crono e Reia, manifesto no poder que organiza o mundo físico e a sociedade humana. 149, 163, 659, 766, 823, 1063, 1098, 1466.

Referências Bibliográficas

BAILLY, A. *Dictionnaire Grec Français*. Paris, Hachette, 2000.

BERNAND, André. *La Carte du Tragique. La Géographie dans la Tragédie Grecque*. Paris, CNRS, 1985.

CHANTRAINE, Pierre. *Dictionnaire Étymologique de la Langue Grecque. Histoire des Mots*. Paris, Klincksieck, 1999.

GRIMAL, Pierre. *Dicionário da Mitologia Grega e Romana*. Trad. Victor Jabouille. 5ª ed. Rio de Janeiro, Bertrand Brasil, 2005.

HESÍODO. *Teogonia. A Origem dos Deuses*. Estudo e tradução Jaa Torrano. 6ª ed. São Paulo, Iluminuras, 2006.

SOPHOCLES. *Electra*. Ed. J. H. Kells. Cambridge, Cambridge University Press, 1973.

SOPHOCLES. *Sophoclis Fabulae*. Ed. H. Lloyd-Jones and N. G. Wilson. Oxford, Oxford University Press, 1992 [1990].

VÁRIOS AUTORES. *Dicionário Grego-Português*. 2ª ed. Cotia, SP/Araçoiaba da Serra, SP, Ateliê Editorial/Mnēma, 2022.

Título	Tragédias Completas – Electra
Autor	Sófocles
Estudos	Beatriz de Paoli
	Jaa Torrano
Tradução	Jaa Torrano
Editor	Plinio Martins Filho
Produção Editorial	Carolina Bednarek / Carlos Gustavo A. do Carmo
Revisão	Ateliê Editorial
Editoração Eletrônica	Camyle Cosentino
Capa	Ateliê Editorial
Formato	16 x 23 cm
Tipologia	Minion Pro
Papel	Chambril Avena 80g/m^2
Número de Páginas	208
Impressão e Acabamento	Lis Gráfica